AF762510

www.ingramcontent.com/pod-product-compliance
Lightning Source LLC
LaVergne TN
LVHW010815051026
849532LV00007B/2545

* 9 7 8 9 3 5 8 7 2 6 8 8 6 *

شیشے کی کرچیں

(افسانے)

طارق چھتاری

Sheeshe ki Kirche.N (Short Stories)
by: Tariq Chhatari
Edition: October '2025
Publisher :
Taemeer Publications LLC (Michigan, USA / Hyderabad, India)

ISBN 978-93-5872-688-6
9 789358 726886

کتاب	:	**شیشے کی کرچیں**
مصنف	:	**طارق چھتاری**
پروف ریڈنگ / تدوین	:	سید حیدرآبادی
صنف	:	فکشن
ناشر	:	تعمیر پبلی کیشنز (حیدرآباد، انڈیا)
سالِ اشاعت	:	سنہ ۲۰۲۵ء
صفحات	:	۱۱۴
سرورق ڈیزائن	:	تعمیر ویب ڈیزائن

فہرست

تین سال

علی جان کو اپنے ماتھے پر بندھے سہرے کی لڑیاں لوہے کی زنجیروں سے بھی زیادہ وزنی اور خوفناک لگ رہی تھیں۔ وہ پھولوں میں منہ چھپائے کچھ اس طرح سہما ہوا بیٹھا تھا جیسے چڑیا کا بچہ سر پر باز کو اڑتے دیکھ کر سہم جاتا ہے۔ جب اس نے دیکھا کہ مرزا مجید اپنے ساتھ گاؤں کے پردھان، داروغہ جی اور کچھ سپاہیوں کو لے کر اس کے گھر میں داخل ہو رہے ہیں تو وہ کانپ اٹھا۔

"ارے میرا لال۔۔۔ علی جان۔۔۔ میرا بچہ۔۔۔"

ماں کی چیخ اس کے کانوں میں دیر تک گونجتی رہی اور پھر آنکھوں میں اندھیرا چھا گیا۔

منہ پر پانی کی چھینٹیں پڑتے ہی اس نے آنکھیں پھڑ پھڑائیں اور گردن گھما کر دیکھا۔ بیگم مرزا سرہانے بیٹھی پنکھا جھل رہی تھیں۔ مرزا مجید اس کے اوپر جھکے کھڑے تھے اور کہہ رہے تھے۔

"بیٹھے آنکھیں کھولو۔۔۔ شاباش۔"

پھر اس کی کلائی پکڑ کر بخار دیکھنے لگے۔ بیگم بولیں۔

"اتنا محنتی بچہ ہے، ذرا کام بتا دو پھر، دھوپ ہو یا بارش، کام پورا کر کے ہی دم لیتا ہے۔ اب دیکھو نا لکڑی اوپر ڈالنے کے لیے کہا تھا، دن بھر اسی میں لگا رہا۔ لو لگ گئی نا آخر۔"

علی جان نے غنودگی کے عالم میں تھوڑی سی آنکھیں کھولیں اور دالان کی چھت کو گھورنے لگا مگر اسے چھت نظر ہی نہ آئی۔

محسوس ہوا کہ دور تک آسمان پھیلا ہوا ہے اور سفید بادل کے ٹکڑے ادھر ادھر اڑ رہے ہیں۔

بادل؟

نہیں یہ تو کاغذ کے ٹکڑے ہیں۔ تاگے سے بندھے کاغذ کے ٹکڑے۔۔۔ ہاتھ سے بنائی پتنگیں اور تاگے؟۔۔۔ مرزا مجید کے لحاف گدوں سے نکالے ہوئے تاگے۔

ایک راز جب بیگم مرزا نے لحاف گدّے دھوپ میں ڈالنے کے لیے ٹانڈ سے اتارے تو ان میں ڈورے غائب تھے۔ مرزا نے علی جان کو ڈانٹا مگر بیگم فوراً ہی بول پڑیں۔ "کیا ہوا اگر ڈورے نکال لیے۔ بچہ ہی تو ہے۔ ویسے بھی سردیوں میں روئی بدلوانی ہے۔"

بہت دیر تک پتنگیں اڑتی رہیں، پھر اسے لگا کہ ساری پتنگیں ایک جگہ جمع ہو گئی ہیں اور سیاہ ہوتی جا رہی ہیں۔ کچھ دیر بعد وہاں ایک بھی پتنگ نہیں تھی۔ اس کی نظروں کے سامنے کڑیوں سے پٹی مرزا مجید کے دالان کی چھت تھی جسے وہ گھورے جا رہا تھا۔ آہستہ آہستہ اس کی نگاہیں دالان کی چھت سے سرکتی ہوئی بڑے سے آنگن میں رینگنے لگیں۔ ایک کونے میں چوکی پر بیٹھی بیگم مرزا دوپٹے پر سچے گوٹے کی گوٹ ٹانک رہی ہیں۔ اسے سچا گوٹا کتنا اچھا لگتا ہے۔ وہ اکثر بیگم مرزا کی تلے دانی سے گوٹا نکال کر کرتے کے دامن پر رکھ کر بار بار دیکھتا ہے اور خوش ہوتا ہے۔ بیگم مرزا ایسا کرتے دیکھ لیتی ہیں تو بھی کچھ نہیں کہتیں۔ کہیں بھی کیسے، اسے تو اپنی اولاد کی طرح پالا ہے۔ ان کے پاس اللہ کا دیا سب کچھ مگر اولاد سے محروم ہیں۔ علی جان سچے گوٹے کو کلائی سے لپیٹ لیتا ہے اور اپنے ہاتھ میں

ہتھکڑی۔۔۔!

داروغہ جی نے اس کے ہاتھ میں بندھی رسی کو جھٹکا دے کر کھینچا اور رسی سپاہی کے ہاتھ میں تھماتے ہوئے بولے۔

"اے رام داس، اس حرام زادے کو چوکی لے کر چل۔ میں مرزا جی کے ساتھ آتا ہوں۔۔۔"

مرزا جی کا گھرانا گاؤں کا معزز گھرانا تھا۔ ان کا مکان گاؤں کے دوسرے گھروں کے مقابلے میں بڑا اور خوبصورت تھا۔ آنگن اور برآمدے کے فرش اور زینے کے علاوہ بیت الخلاء کے قدمچے بھی پکی اینٹوں کے بنے تھے۔ باقی پورا مکان کچی اینٹوں کی چوڑی چوڑی دیواروں پر قائم تھا۔ کچی اینٹوں پر چکنی مٹی کا لیپ اور اس پر چونے کی پتائی، یوں محسوس ہوتا جیسے مٹی کے ڈھیلوں کے بیچ چاندی کا کٹورا پڑا ہو۔ بالائی منزل پر دو بڑے بڑے کمرے تھے، جن کے سامنے والی چھتیں بھوسے کی گوڑی ملی چکنی مٹی سے لسی ہوتیں۔ مرزا صاحب کی جائیداد کا کافی حصہ بک گیا تھا۔ اب ان کی آمدنی کا ذریعہ کچھ زمین تھی، جو بٹائی پر دے رکھی تھی اور ایک آم کا باغ تھا، جس سے سال بھر کی ضروریات پوری ہو جاتیں۔ اولاد کوئی تھی نہیں، محلے کے بچوں کو قرآن پڑھانے میں بیگم مرزا کا دن کٹ جاتا۔ علی جان بھی ان سے قرآن پڑھنے آیا کرتا۔ اس کا باپ رسول خاں میواتی، علاقے کا نامی ڈکیت تھا۔ جو کئی سال سے جیل میں ایک قتل کی سزا کاٹ رہا تھا۔ علی جان کا گھر مرزا مجید کے مکان سے بالکل ملا ہوا تھا۔ اس کی ماں کھجور کے پتوں کی چنگیریاں اور پنکھے بنا کر گھر کا خرچ چلا لیتیں۔ بیگم مرزا بھی علی جان کے گھر کا پورا خیال رکھتیں۔ علی جان لڑائی جھگڑے، چوری چکاری سے دور بھاگتا تھا۔ اس کا دل پڑھنے لکھنے کی طرف زیادہ مائل تھا۔ کئی سپارے شوق سے ختم کر چکا تھا۔ جس دن رسول خاں کی سزا پوری ہوئی اور وہ رہا

ہو کر گھر لوٹا تو اس نے علی جان کو پڑھنے سے اٹھالیا۔

"بزدل بنے گا کیا؟ ان مرزاؤں کی صحبت نے تجھے کسی دین کا نہیں چھوڑا۔ بہادری سے جی۔۔۔ عورتوں کی طرح چوڑیاں پہن کر کوئی میواتی جیا ہے کبھی؟ اور تو ہے کہ میری ناک کٹوانے پر تلا ہے۔۔۔ حرام زادے۔"

علی جان لرز گیا۔ آنکھوں کے سامنے اندھیرا چھانے لگا۔ اب رسول خاں اکیلا نہیں، کئی لوگوں کے درمیان کھڑا نظر آیا۔ پھر علی جان کو لگا کہ رسول خاں کے گروہ کے آدمی اسے زبردستی پکڑ کر جنگل کی طرف لے جا رہے ہیں۔ ہلکی ہلکی بارش ہو رہی ہے۔ بادل گرجتے ہیں تو اس کی رگوں میں خون جم جاتا ہے۔ اچانک ایک گڈھے میں اس کا پیر پڑ گیا۔ وہ چیخنے لگا۔

"نہیں۔۔۔ نہیں۔۔۔ مجھے چھوڑ دو۔"

کالے خاں نے اس کی گدی پر ایک مکا جمایا۔ وہ لڑکھڑا کر گرنے ہی والا تھا کہ رسول خاں کی کڑک آواز اس کے کانوں میں آئی۔

"سیدھا چل نامراد۔۔۔ بہت عیش کی کاٹ لی۔"

وہ گرتا پڑتا آگے بڑھا۔ چاروں طرف گھور اندھیرا تھا۔ اس نے دیکھا سفید سفید کپڑے پہنے کئی آدمی ایک کھیت میں لیٹے ہوئے ہیں۔ رسول خاں کے ساتھ کالے خاں نے اس کے ہاتھ میں ایک کلہاڑا دے دیا۔

"یہ لے۔۔۔ اور ان سب کو ایک طرف سے ختم کر دے۔"

"ایں!۔۔۔ نہیں۔۔۔"

"نہیں کے بچے۔۔۔"

رسول خاں نے دونوں ہاتھ سے بال پکڑ کر اسے زمین پر گرا دیا اور گھسیٹنے لگا اور ان

سفید پوش انسانوں کے قریب لاکر کھڑا کر دیا۔ اس نے غور سے دیکھا۔ مرزا مجید۔۔۔ ایک نہیں بہت سے مرزا مجید سفید کپڑے پہنے کھیت میں لیٹے ہوئے تھے۔

"نہیں بابا۔۔۔ میں مر جاؤں گا۔۔۔ نہیں۔۔۔"

وہ زور سے چیخا۔ اسے محسوس ہوا کہ گلے کی ساری نسیں پھٹ گئی ہیں اور اس کی چیخ رکنے کا نام ہی نہیں لیتی۔ وہ چیختا ہی رہا بہت دیر تک اور پھر رسول خاں نے اسے زور سے جھنجھوڑ دیا۔ خیالوں کا سلسلہ ٹوٹا اور رسول خاں کی آواز کانوں میں پڑی۔

"کیوں مرا جا رہا ہے۔۔۔ اٹھ۔۔۔"

علی جان کی ماں کھڑی رو رہی تھی۔ رسول خاں نے لال لال آنکھیں نکالتے ہوئے کہا۔

"مجھے تو شک ہے کہ اس کی رگوں میں میرا خون ہے یا کسی اور کا۔۔۔"

پھر رسول خاں اپنے ماتھے کو پکڑتے ہوئے زمین پر اکڑوں بیٹھ گیا، جیسے سارے جتن بیکار چلے گئے ہوں اور بولا۔

"اچھا تو ایسا کر۔۔۔ کل سے ابراہیم لوہار کے یہاں کام کرنے جایا کر۔ وہ کل ہی مجھ سے کہہ رہا تھا کہ ہتھوڑا پیٹنے کو ایک لڑکے کی ضرورت ہے۔"

گرمی بہت ہے۔ علی جان کے پورے بدن سے پسینے کے فوارے پھوٹ رہے ہیں۔ ابراہیم لوہار کے ٹھیے پر ہتھوڑے کی چوٹیں مارتے مارتے دونوں بازو سن ہو گئے ہیں۔

پسینہ خشک ہو رہا ہے۔ بیگم مرزا کو پسینہ آتا بھی بہت ہے۔ وہ ان کے سرہانے بیٹھا پنکھا جھل رہا ہے۔ بیگم نے کروٹ لی اور آنکھیں کھول کر اس کی طرف دیکھا۔

"سوتا کیوں نہیں علی جان۔۔۔ جا برآمدے میں سو جا۔ اچھا لے یہ کنگن اور ہار لے جا کر تحویل میں رکھ دے۔ کم بخت گرمی میں زیور پہننا بھی عذاب ہے۔"

چابی کا گچھا اور زیور علی جان کے حوالے کر کے بیگم نے آنکھیں بند کر لیں۔ علی جان نے تجوری میں کنگن اور ہار رکھ کر چابیاں بیگم کے تکیے کے نیچے رکھ دیں۔

"تو نے سنڈانسی کہاں رکھی علی جان؟"

"آپ کے سرہانے۔۔۔"

"ایں۔۔۔؟"

ابراہیم لوہار چونک پڑا۔

ایک ڈکیتی کے جرم میں رسول خاں کو پھر تین سال کی سزا ہو گئی۔ علی جان کو موقع مل گیا۔ اس نے لوہار کو سلام کیا اور مرزا کے گھر آن پہنچا۔ دالان کے در سے چپٹ کر کھڑا ہو گیا اور انگلیوں پر کچھ حساب لگانے لگا۔

"تین سال۔۔۔ یعنی چھتیس مہینے۔۔۔"

پھر خوش ہو کر بیگم مرزا سے پوچھنے لگا۔

"چاچی کیا تین سال میں قرآن ختم ہو جائے گا۔؟"

"کیوں نہیں بیٹا۔۔۔ تم محنت سے پڑھو گے تو دو سال ہی میں۔۔۔"

وہ اچھلنے لگا اور پھر اچھلتے اچھلتے اس کے پاؤں اس ڈھب سے پڑنے لگے جیسے مجذوب کو حال آ گیا ہو۔

"دو سال میں قرآن مجید ختم۔ بچا ایک سال۔۔۔ ایک سال میں تو کئی بار دہرا کر پکا کر لوں گا۔۔۔"

سپاہی نے اس کے ہاتھ بندھی رسی کو زور سے کھینچا۔

"تیز تیز چل۔۔۔ یہ اونگھ کیوں رہا ہے؟"

اس کا حلق بالکل خشک ہے، بہت زور کی پیاس لگی ہے۔ دھوپ بہت تیز ہے۔

دھوپ مرزا کے صحن کی دیوار میں بنی گھڑونچی سے ہو کر منڈیر تک پہنچ گئی ہے۔ علی جان بالٹی میں پانی بھر کر چھت پر چڑھ گیا ہے۔ دن بھر کی تپتی ہوئی چھت پر جب چھڑکاؤ کیا تو مٹی سے سوندھی سوندھی خوشبو پھوٹنے لگی۔ زمین کی تپش کم ہوئی تو اس نے کمرے سے دو پلنگ نکال کر بچھا دیے اور وہیں ایک چارپائی پر لیٹ کر اس طرح کروٹیں لیتا رہا جیسے وہ نہیں، مرزا مجید لیٹے ہوں۔ کچھ دیر بعد نیچے اتر کر گھڑونچی سے ایک گھڑا اٹھالایا اور اس پر پیتل کا کٹورا ڈھک کر چھت پر رکھ دیا۔ چھت کی قد آدم منڈیریں بارش سے ڈھل ڈھل کر بالکل ختم ہو چکی تھیں اور محلے کی تمام چھتیں مل کر ایک میدان سا بن گیا تھا۔ مرزا اور بیگم گرمیوں میں چھت پر سوتے تھے۔ گاؤں میں چوپالیں اور بڑے بڑے میدان ہونے کی وجہ سے چھت پر سونے کا رواج نہیں تھا، اس لیے محلے کی دوسری چھتیں سونی پڑی رہتیں، بات کچھ بھی ہو مرزا منڈیریں اونچی نہ کرانے کی یہی وجہ بتاتے۔۔۔

سورج غروب ہونے کے بعد بیگم روٹی ہنڈیا لے کر چھت پر ہی آجایا کرتیں۔ محلے کی تمام عورتیں اپنی اپنی چھتوں سے ہو کر بیگم مرزا کے پاس آ بیٹھتیں۔ بیگم ان کی خاطر داری پان سے کیا کرتیں۔ عورتیں پان چبڑ چبڑ چبا کر وہیں پیکوں کے ڈھیر کر دیتیں اور علی جان چپ چاپ منڈیر پر بیٹھا پیکوں کو دیکھ دیکھ کر کڑھتا رہتا۔ جیسے ہی مرزا دروازے کی کنڈی بجاتے وہ بھاگ کر کواڑ کھول دیتا۔ تمام عورتیں چلی جاتیں۔ مرزا اوپر ہی کھانا کھاتے اور کھانے سے فارغ ہو کر خبریں سنا کرتے۔ علی جان بھی منڈیر پر بیٹھا غور سے ریڈیو سنتا اور اس طرح سر ہلاتا جیسے سب کچھ سمجھ رہا ہے۔ اچانک بیگم مرزا کی آواز اسے چونکا دیتی۔

"جاؤ بیٹا، بہت رات ہو گئی ہے۔ تمہاری اماں راہ دیکھ رہی ہوں گی۔"

اور علی جان بسم اللہ کی چھت سے اتر کر چلا جاتا۔ لیکن صبح مرزا اور بیگم کے اٹھنے

سے پہلے ہی بیلے کے پھول باغ سے توڑ کر لے آتا اور ہار بنا کر گھڑوں کی گردنوں میں پہنا دیتا۔ کچھ پھولوں کے گجرے بنا کر بیگم کے لیے رکھ دیتا۔ بیگم اٹھتیں تو کانوں میں گجرے پہن لیتیں۔ یہ اس کا روز کا معمول تھا۔

"تیز تیز چل۔۔۔" سپاہی نے پھر علی جان کے ہاتھ بندھی رسی کو زور سے کھینچا۔ علی جان جیسے کھنچتا ہی جا رہا ہے۔ اس کی عمر تیزی سے بڑھ رہی ہے۔ اب وہ انیس سال سے اوپر نکل چکا ہے۔ اس کے باپ کو گزرے کئی سال ہو گئے ہیں۔ ماں سمجھاتے سمجھاتے گونگی ہوتی جا رہی ہیں۔

"اب تو کہیں جا کر کما نگوڑے۔۔۔ اب تو جوان ہو گیا ہے۔ مرزا جی کے پاس بھی اتنا کہاں ہے کہ تیرے لیے کچھ کر سکیں۔ تو ہے کہ ہٹا کٹا پھرے ہے۔ کمانے کے نام پر ڈھیر۔ مٹے میواتیوں میں شادی بیاہ کا الٹا ہی رواج ہے۔ لڑکے والے کو پیسے دینے پڑے ہیں لڑکی بیاہ کر لانے کے لیے۔ میرے پاس کہاں روکڑ دھری ہے جو گونا کر لاؤں گی۔ تیرے بابا تو چھوٹے خاں کی لونڈیا کے سنگ سگائی کر کے اللہ کو پیارے ہو گئے۔ مجھے طعنے سننے پڑے ہیں۔ دو دو کوڑی کی لگائیاں کہتی پھرے ہیں کہ 'لگے ہے سگائی توڑنی پڑے گی'۔۔۔ اور تیرے کان پہ جوں تک نہ رینگے ہے۔"

اس کی ماں بڑبڑاتی رہیں اور وہ اٹھ کر چل دیا مگر اب محسوس کرنے لگا تھا کہ ماں کی باتیں ہر وقت اس کا پیچھا کرتی رہتی ہیں۔ اسے اپنے اندر ایک انجانی سی کھلبلی کا احساس ہوا۔

مریم، چھوٹے خاں کی بیٹی مریم۔۔۔ اور ایک موٹی رقم کی مانگ۔۔۔

جب اس کے چھوٹے چچیرے بھائی کی شادی ہوئی تو لگا کہ مریم اس کے دل میں ادھر سے ادھر بار بار کروٹ بدل رہی ہے۔ دل بیٹھنے لگا۔ مریم۔۔۔ عورتوں کے

طعنے۔۔۔شادی۔۔۔ مگر روپے۔۔۔؟اس کی گانٹھ میں تو دو روپلی بھی نہیں تھیں۔

جاڑوں کی سیارہ رات تھی۔ وہ گاڑھے کی رضائی میں سر چھپائے سو رہا تھا۔ چچیرے بھائی کے بستر سے ابھرنے والی کھسر پھسر کی آواز سے اس کی آنکھ کھل گئی۔ کان لگا کر میاں بیوی کی باتیں سننے لگا۔ اسے اپنے جسم کے ہر حصے میں ان کی باتیں جذب ہوتی محسوس ہوئیں۔ کھسر پھسر آوازیں تیز ہو گئیں۔

مریم۔۔۔!

اسے بار بار لگتا کہ مریم دلہن بنی سامنے کھڑی ہے اور وہ سینہ تانے اس کی طرف بڑھ رہا ہے مگر اچانک اس کے کندھے جھک جاتے جیسے کسی نے روپیوں کی گٹھری اس کے کندھوں پر لاد دی ہو۔ وہ پھر کان لگا کر کوٹھری میں گونجتی آواز سننے لگتا ہے۔ رضائی کے اندر اس کا دم گھٹنے لگا تو منہ سے رضائی ہٹا کر پھینک دی۔ کوٹھری میں سرسوں کے تیل کا دیا جل رہا تھا۔ اس نے گردن اٹھائی اور ٹاٹ کے پھٹے پردے سے جھانک کر اپنے چچیرے بھائی کے بستر کی طرف دیکھا۔ اس کی جورو اس سے چمٹی ہوئی لیٹی تھی اور اپنی بھاری بھرکم ران اس کے پیٹ کے اوپر رکھے ہوئے تھی۔ علی جان نے منہ ڈھانپ لیا اور اپنی ہونے والی جورو مریم کا تصور کیے رات بھر کروٹیں بدلتا رہا۔ خدا خدا کر کے جاڑوں کی رت بیت گئی اور کھسر پھسر کی آوازوں سے چھٹکارا مل گیا۔ اب وہ اپنی کھاٹ آنگن میں بچھا کر سوتا۔

آج علی جان کے دل کی طرح موسم میں بھی کھلبلی مچی ہوئی ہے۔ اندھیری رات اور اس پر بادل کی گرج کے ساتھ بجلی کی چمک۔ علی جان کے جسم میں بھی بجلی چمک رہی ہے اور بار بار اسے اپنے اندر گرج سی محسوس ہوتی ہے۔ بدن سلگ رہا ہے، بادل گرج رہے ہیں اور موسلا دھار بارش ہو رہی ہے۔ جب علی جان بارش میں بھیگ گیا اور جاڑے سے

کپکپانے لگا تو اس نے کھاٹ چھپر کے نیچے کھینچ لی۔ چھپر میں لٹکی لالٹین سے بدن سینکنے لگا لیکن لالٹین اس کے جسم کو گرم نہ کر سکی، اسے تو مریم کی گرمی چاہیے تھی اور مریم کو پانے کے لیے جیب کی گرمی۔۔۔ وہ رات بھر چھپر کی تھنکیا سے لگا کانپتا رہا اور چھپر کے پھٹنے کی دعا مانگتا رہا۔

علی جان کے سر سے سہرے کی لڑیاں ٹوٹ کر زمین پر گر پڑی تھیں۔ چاروں طرف بہت سے لوگ جمع تھے جو سپاہی کو روکے کھڑے تھے اور اس سے کچھ پوچھ رہے تھے۔ اس نے دیکھا، لوگ جوتوں سے بیلے کے پھول مسلتے ہوئے گزر رہے ہیں۔

بیلے کے پھول!

وہ حسب معمول بیلے کے پھولوں کے ہار گھڑوں کی گردنوں میں پہنا چکا تھا۔ مرزا ناشتے کے بعد باہر جانے ہی والے تھے کہ کسی نے کنڈی کھٹکھٹائی۔ علی جان بھاگ کر دروازے پر جا پہنچا اور کواڑ کھول دیے۔

"کون، نتھو چاچا؟ اچھا آم لے کے آئے ہیں۔"

نتھو رام نے آموں سے بھرا پٹھو نیچے رکھا اور جیب میں ہاتھ ڈالتے ہوئے کہا۔

"مرزا جی گھر میں ہیں؟ باغ کے پیسے دینے ہیں۔"

مرزا مجید نے آواز دی۔

"کون ہے؟ علی جان اندر بلا لو۔"

نتھو رام اندر آ گئے اور مرزا کے ہاتھ میں سو سو کے نوٹوں کی گڈی تھما کر بولے۔

"یہ لو مرزا جی بیعانہ کاٹ کر باقی کے۔ اب حساب بے باق۔"

نتھو ٹھیکے دار اٹھ کر چلے گئے۔ مرزا مجید کے ہاتھ میں روپیوں کی گڈی ہے۔ علی جان کو لگا کہ مرزا مجید کے پیچھے کہیں مریم چھپی ہے۔ وہ بار بار ان کی طرف اچٹتی سی نظر ڈالتا

مگر اس کی نظر بری طرح کانپنے لگتی۔ مرزا مجید نوٹوں کی گڈی بیگم کو تھما کر باہر چلے گئے۔
بیگم نے نوٹ گنے اور ازار بند سے چابی کا گچھا کھول کر علی جان کو دیتے ہوئے کہا۔
"لو بیٹے چابی لو اور روپیے تحویل میں رکھ دو۔ سنبھال کے رکھنا پورے سال کا خرچہ ہے۔"

علی جان نے گڈی کو مُٹھی کی مضبوط گرفت میں لے لیا۔ چابیاں لے کر تجوری کی طرف بھاری بھاری قدموں کو ڈھکیلتا ہوا بڑھا لیکن اس کے قدم مرزا کے گھر کی دیواروں کو پھلانگ جانا چاہتے تھے۔ اس نے تجوری کے تالے میں بڑی سی چابی گھمائی لیکن چابی تالے میں نہیں اس کے ذہن میں گھوم رہی تھی۔ اب اس کے ذہن کے وہ کواڑ کھل گئے جو پیدائش سے اب تک بند تھے۔ وہ ذہن پر جمی میل کی اس پرت کو کھرچ کر پھینک دینا چاہتا تھا جسے آج تک ایمانداری اور وفاداری کا مقدس دوشالہ سمجھتا آیا تھا۔ تجوری کے دونوں پٹ کھل گئے۔ وہ بھی اس کی جیب کی طرح خالی تھی۔ وہ نوٹوں کی گڈی کو اس میں رکھتے رکھتے رک گیا کہ اسے چھوٹے خاں کی پھیلی ہوئی جھولی نظر آرہی تھی۔ وہ جھولی، جو اس سے نوٹوں کی شکل میں اس کی وفاداری اور ایمانداری کے خون کی بھیک مانگ رہی تھی۔

چھوٹے خاں کی بہو کے طعنے۔۔۔ اس کی بوڑھی ماں کی عزت۔۔۔ چچیرے بھائی کی جورو کی بھاری بھرکم ران۔۔۔

"کیا وہ نوٹوں کی گڈی چھوٹے خاں کی جھولی میں ڈال دے؟"

اس نے جلدی سے گڈی کو اپنے تہہ بند میں اڑس لیا۔

"بیٹے یہ لو۔۔۔ سنبھال کے رکھنا، پورے سال کا خرچہ ہے۔"

اسے لگا کہ تہہ بند کی گانٹھ ہولے ہولے کھلتی جارہی ہے۔ وہ گانٹھ کسنا چاہتا تھا کہ

بیگم کی آواز کانوں میں گونجی۔

"یہ لے بیٹا۔۔۔ میں نے تیرے لیے کرتہ سی دیا ہے اور باہر چھینکے پر کھیر رکھی ہے، اپنی ماں کے لیے لیتے جانا۔"

اچانک تہہ بند کی گانٹھ کھل گئی اور گڈی فرش پر گر پڑی۔ گڈی کی ہلکی مگر خوفناک آواز نے اس کے جسم میں لرزہ پیدا کر دیا۔ جھک کر گڈی اٹھائی اور چاروں طرف دیکھنے لگا۔ کمرے کی دیوار پر لگی مرزا کی تصویر اسے گھور رہی تھی۔ وہ تصویر سے آنکھیں نہ ملا سکا اور سہم گیا۔ نوٹوں کو دونوں ہاتھوں سے پکڑ کر غور سے دیکھنے لگا۔ نوٹوں سے ہٹ کر اس کی نظر اپنے ہاتھوں پر پڑی۔ اپنے ہاتھ کالے نظر آئے۔ آنکھیں بند کیں تو مریم کے ہاتھ پیلے دکھائی دیے۔ آنکھیں کھولتا تو کالا اور بند کرتا تو پیلا رنگ اس کے وجود میں اتر جاتا۔ جب اپنے ہاتھ کالے نظر آتے تو نگاہیں تجوری کی جانب اٹھ جاتیں، مگر جب مریم کے ہاتھ پیلے ہونے لگتے تو اسے تہہ بند کی گانٹھ ہی دکھائی دیتی۔ کبھی پیلے تو کبھی کالے ہاتھوں کو دیکھتے دیکھتے اس نے پھر ایک بار مرزا کی تصویر دیکھی۔ اب اسے ان آنکھوں میں اپنے مرحوم باپ کی تصویر نظر آرہی تھی، جو اس سے بہت کچھ کہہ رہی تھی۔ علی جان نے ہمت کی اور تہہ بند میں نوٹوں کو رکھ کر مضبوطی سے انٹی کس لی اور چابی کا گچھا بیگم کو واپس کر کے چلا گیا۔ دوسرے دن مرزا نے پوچھا۔

"بیگم آج علی جان نہیں آیا، کیا بات ہے؟

بیگم نے کہا۔

'آیا تھا، کچھ طبیعت خراب تھی، اس لیے چلا گیا۔"

کئی روز تک علی جان نہیں آیا۔ بیگم مرزا پریشان ہونے لگیں۔

"کہیں طبیعت زیادہ خراب تو نہیں ہو گئی؟"

وہ بسم اللہ کی چھت سے اتر کر علی جان کو دیکھنے گئیں۔ دیکھا کہ علی جان کے گھر کچھ لوگ جمع ہیں اور وہ دولھا بنا ہوا ہے۔ انھیں ایک انجانی سی خوشی کا احساس ہوا۔

"مگر مجھے مدعو کیوں نہیں کیا گیا۔۔۔؟ مجھے اطلاع تک نہیں اور یہاں۔۔۔ آخر علی جان پر میرا ابھی تو کچھ حق ہے۔"

انھیں لگا کہ ان کے سامنے چھوٹے چھوٹے بہت سے سانپ رینگ رہے ہیں۔

"مگر میواتیوں کے رواج کے مطابق شادی کے لیے لڑکے والوں کو ایک رقم ادا کرنی پڑتی ہے۔ راتوں رات علی جان کے ہاتھ یہ رقم کہاں سے لگ گئی؟"

اب ان کی آنکھوں کے سامنے بہت موٹا سا اژدہا منہ کھولے کھڑا تھا۔ پھر انھیں یاد آیا کہ کچھ دن پہلے باغ کے روپیے علی جان کو تجوری میں رکھنے کے لیے دیے تھے، کہیں وہی تو نہیں۔۔۔؟

"نہیں نہیں، یہ کیسے ہو سکتا ہے۔ میں اسے بچپن سے جانتی ہوں۔ کبھی گھر کی ایک کیل بھی ادھر سے ادھر نہیں کی۔ میں تو زیور، روپیہ پیسا، سب اسی سے رکھواتی تھی۔"

بیگم مرزا یہ سوچ ہی رہی تھیں کہ علی جان کی نظر بھیڑ کو چیرتی ہوئی ان پر پڑی اور وہ چونک کر رہ گیا۔ اس نے سر پر بندھے سہرے سے اپنا منہ چھپا لیا۔ اس کے چہرے پر تو پردہ پڑ گیا مگر بیگم مرزا کی آنکھوں پر پڑا ہوا پردہ آہستہ آہستہ سرکنے لگا۔ انھیں محسوس ہوا کہ آج وہ پھول، جو علی جان برسوں سے ان کے گھڑوں کی گردنوں میں پہناتا چلا آیا ہے، سمٹ کر اس کے سہرے کی لڑیوں میں آ گئے ہیں۔ وہ الٹے پاؤں گھر آئیں اور لگیں تجوری کھکھوڑنے۔ تجوری خالی تھی۔ ان کے پاؤں تلے زمین نکل گئی اور چہرے پر ہوائیاں اڑنے لگیں۔ اتنے میں مرزا جی بھی آ پہنچے۔

"کیا بات ہے بیگم، تم پریشان کیوں ہو؟"

بیگم نے تجوری بند کی اور کہا۔ "کچھ بھی تو نہیں۔۔۔"

مگر مرزا نے تجوری کو کھول کر دیکھا، وہ خالی تھی۔

سپاہی نے گاؤں کے لوگوں کو دھتکارا۔ "بھیڑ کیوں لگا رکھی ہے، چلو اپنا کام کرو۔" اور علی جان کو دھکے مار مار کر اپنے ساتھ لے جانے لگا۔ علی جان کی ماں پچھاڑیں کھاتی ہوئی آئیں اور بلک بلک کر رونے لگیں۔

"ارے میرے لال کو کہاں لے جا رہے ہو؟ اس نے کیا کیا ہے؟"

"یہ تو تب پتا چلے گا، جب تین سال جیل میں چکی پیسے گا، پورے تین سال۔۔۔"

جب علی جان گلی میں مرزا مجید کے گھر کے سامنے سے گزرا تو بیگم مرزا کواڑ کی آڑ میں کھڑی جھانک رہی تھی۔ ان کی آنکھوں میں آنسو تھے۔ علی جان رک گیا اور اپنی خشک آنکھوں کو اس طرح پونچھنے لگا جیسے اپنی نہیں بیگم مرزا کی آنسو بھری آنکھیں پونچھ رہا ہو اور پھر انگلیوں پر کچھ حساب لگانے لگا۔

"تین سال۔۔۔یعنی چھتیس مہینے۔۔۔"

بیگم مرزا نے کانپتا ہوا ہاتھ منہ پر رکھا اور دھڑ سے دروازہ بند کر لیا۔

***

آن بان

"کیا؟ ہری سنگھ کی شادی ہو رہی ہے؟ ارے کسی نے یوں ہی اڑادی ہو گی۔"

"اجی نہ چودھری صاحب، بات سولہو آنہ پکی ہے۔" سندر نے کہا۔

"مگر بھئی، یہ ہوا کیسے؟"

"کان میں اڑتی اڑتی پڑی ہے کہ گھٹیا والے ننوا نے بات لگائی ہے۔" سندر گردن کا میل چھڑاتے ہوئے بولا۔

"کس کے ہاں؟"

رام نگر والے ٹھاکر نیک سنگھ کے ہاں"

"مگر یہ تو دھوکا ہے۔" چودھری صاحب نے فرشی حقہ اپنی طرف کھینچا جسے سندر ابھی ابھی تازہ کر کے لایا تھا۔ شہزاد خاں گلیارے سے گزر رہے تھے، چودھری صاحب کو حقہ پیتے دیکھا تو وہ بھی چوپال پر دھوپ میں آن بیٹھے۔

"سنا آپ نے، ہری سنگھ کی شادی ہو رہی ہے۔"

"ہاں چودھری صاحب سنا تو ہے۔ معلوم نہیں ٹھاکر صاحب نے کیا سوچا ہے۔ جب اس کی ماں مری تھی تو بے چارے کی عمر ہی کیا تھی۔ تبھی سے اس کی یہ حالت ہو گئی ہے، جہاں جھلستی گرمیاں آئیں اور لگے دورے پڑنے۔"

شہزاد خاں نے حقے کی چلم اٹھائی اور کش لگانے لگے۔

"مگر خاں صاحب، اس حالت میں شادی؟ وہ تو عورت کو لال جوڑے میں دیکھ کر بالکل ہی پاگل۔۔۔"

شہزاد خاں نے چلم پھر نیچے پر جمادی اور بولے۔" بھئی دل میں ڈر بیٹھ گیا ہے لال رنگ سے، شادی کے بعد شاید نکل جائے۔"

چودھری صاحب نے حقے کی نے کو مٹھی میں بھر کر منہ سے لگالیا، آج انھیں تمبا کو بہت کڑوا محسوس ہوا، کھانستے ہوئے سندر سے بولے۔"کیا شیرہ کم ڈالا ہے؟ دھانس بہت ہے۔" سندر نے جواب تو دیا مگر چودھری صاحب کچھ نہ سن پائے اور کھانستے ہی رہے۔ سنتے بھی کیسے، ٹھاکر تیج بہادر سے ان کا پرانا بیر تھا۔

سورج سر پر آچکا تھا مگر اب بھی اس کی کرنیں سردی سے کانپ رہی تھیں۔ ہری سنگھ کے پتا ٹھاکر تیج بہادر مہمانوں سے کہہ رہے تھے۔"شادی بیاہ کا مزہ تو سردیوں میں ہی ہے۔" یہ جانتے ہوئے بھی کہ ٹھاکر تیج بہادر اپنے بیٹے کی شادی سردیوں میں کیوں کر رہے ہیں، ہر آدمی انجان بناہوا تھا۔ ہری سنگھ کی بوانے اسے نہلا دھلا کر دولھا بنادیا۔ محلے کی عورتوں نے کھونٹی پر ٹنگی ڈھولک کو ڈرتے ڈرتے اتارا، ڈوریاں کسیں اور پھر ڈھولک کی تھاپ اور گیتوں کی آواز نے سبھی کے دل سے ڈر نکال دیا۔ برات چلی گئی، پورے ٹولے میں رت جگا ہوا، محلے بھر کی عورتیں ناچتی گاتی رہیں۔ گلی کے نکڑ پر رات بھر دیسی گھی کے دو چراغ جلتے رہے اور دوسرے دن بہو گھر میں آگئی۔ محلے کی کچھ بڑی بوڑھیوں کا کہنا ہے کہ رات ایک دیا بجھ گیا تھا، چپکے سے ہری سنگھ کی بوانے جلا دیا۔ بوا مارے خوشی کے بہو کے پیروں میں بچھی پڑ رہی تھیں اور اتنی بار لچّا کی بلائیں لی تھیں کہ اب ان کی انگلیوں نے چٹخنا بند کر دیا تھا۔ بوانے دودھ سے بھرا دھنو کمہار کے ہاں کا بنا مٹی کا نقشیں پیالہ بہو کے ہونٹوں سے لگا دیا اور دوسرے ہاتھ سے اس کی پیٹھ سہلاتے ہوئے بولیں۔"پی لے

بہو۔۔۔ بہت تھک گئی ہو گی۔"

چوبارے کے سامنے والا اٹا۔ جس میں پیاز پڑے پڑے گلنے دینے لگی تھی، جھاڑ پونچھ کر صاف کر دیا گیا۔ جب رات اونگھنے لگی تو ہری سنگھ کو اوپر اٹے میں لجا کے پاس بھیج دیا گیا۔ لجا گھٹنوں میں سر دیے لال شینیل کی چادر اوڑھے مسہری پر بیٹھی تھی۔ ہری سنگھ اس کے پاس آکر بیٹھ گیا۔ اس کی سمجھ میں نہیں آرہا تھا کہ وہ کیا کہے مگر اتنا جانتا تھا کہ اسے کچھ کہنا ہے، آخر بول پڑا۔ "وید جی کہہ رہے تھے اب میری طبیعت خراب نہیں ہو گی۔ گرمیوں میں بھی نہیں۔"

پھر تھوڑی دیر رک کر بولا۔ "تم وید جی کو نہیں جانتیں، وہ پتاجی کے متر ہیں۔ جب مجھے دورے پڑنے شروع ہوئے تو پتاجی نے اسکول سے اٹھوا لیا، مگر وید جی نے پڑھانا نہ چھوڑا۔ میں نے ان سے بہت سی کتابیں پڑھی ہیں۔ وہ میرے گرو ہیں۔"

لجا نے گھونگھٹ کے اندر سے جھانکا اور پھر گردن جھکالی، کچھ دیر وہ خاموش بیٹھا رہا، سمجھ میں نہیں آرہا تھا کہ کس طرح بات آگے بڑھائے۔ پھر اس کی نظریں اٹھیں اور اٹے کے چاروں کونوں میں گھومتی ہوئی لجا کے گھونگھٹ پر آکر ٹھہر گئیں۔

سرخ کپڑوں میں دہکتی ایک عورت۔ لجّا۔ اس کی ماں، چتا اور جھلستا ہوا اس کا بدن، نہیں۔۔۔ چیخ اس کے اندر گھٹ کر رہ گئی۔ مڑ کر دیکھا تو پرات میں انگارے دہک رہے تھے۔ سردی بہت تھی، بوا نے پرات میں انگارے رکھ دیے تھے۔ کونے میں لالٹین جل رہی تھی۔ جلتی ہوئی لالٹین لجا کے سرخ کپڑے، پرات میں دہکتے انگارے۔۔۔ اسے اپنے جسم سے چنگاریاں سی اٹھتی محسوس ہوئیں، چنگاریاں آگ کی لپٹیں بن گئیں۔ اونچی اونچی لپٹوں کے درمیان اس کی ماں کا بدن جھلس رہا ہے۔ وہ سب سے چھپ کر بہت آگے جا کھڑا ہوا ہے۔

"ماں۔"

"آجاہری۔۔۔"

ماں نے دونوں بانہیں پھیلا دیں۔ ہری سنگھ بانہوں میں جاکر جھول گیا۔

"ارے نگوڑے تنک دیکھ کے۔ چولھے پر توا چڑھا ہے۔ چل ادھر بیٹھ۔"

ماں نے اس کے آگے بیسن کے چیلے پروس دیے۔ اس نے تھالی ایک طرف کو ہٹائی اور ہمک کر ماں کے پاس آن کھسکا۔ ماں نے چولھے میں ایک لکڑی اور رکھ دی۔ آگ بھڑک اٹھی۔ ماں کا بدن جھلسنے لگا۔ چتا کی لپٹیں تیز ہوگئی تھیں۔ "ماں"۔ وہ چیخا اور چتا میں جلتی ماں کی بانہوں میں جاکر جھول گیا۔ سبھی کے منہ کھلے کے کھلے رہ گئے۔ بھولا نے بڑھ کر اسے کھینچا مگر اس کا داہنا ہاتھ بالکل جھلس چکا تھا۔ کئی دن بے ہوش رہا اور جب ہوش آیا تو ایک زوردار چیخ ٹھاکر تیج بہادر کے آنگن میں گونجی۔

"کیا ہوا؟" لجا اس کی چیخ سن کر گھبرا گئی۔

"کچھ نہیں۔ وید جی کہہ رہے تھے، اب میں بالکل ٹھیک ہوں۔"

سرخ چادر کا گھونگھٹ لجا کے سر سے کھسک کر کندھوں پر ڈھلک آیا تھا اور وہ گم صم ہری سنگھ کو تکے جارہی تھی۔ ہری سنگھ نے دیکھا کہ اس کے ماتھے کی سرخ ٹکیا پھیلتی جا رہی ہے۔ کونے میں جلتی لالٹین، دہکتے انگاروں سے بھری رات، سرخ چادر اور ماں کی چتا، سب کچھ لجا کی سرخ بندیا میں سمٹ آیا تھا۔ وہ آگ کے گولے میں لجا کو ڈھونڈنے کے لیے ہاتھ پاؤں مارنے لگا۔ پیروں میں کپکپاہٹ ہوئی۔ لڑکھڑایا، گرا، سنبھلا اور پھر اس نے خود کو اٹے کے باہر چوبارے کے اس طرف کھلی اور ویران چھت کی منڈیر پر اکیلا بیٹھا پایا۔

لجا رات گئے تک انتظار کرتی رہی مگر جب ہری سنگھ نہیں آیا تو وہ اٹھی، بھڑے

ہوئے کواڑ دھیرے سے کھولے اور باہر جھانکنے لگی۔ اس نے دیکھا کہ ہری سنگھ دونوں ہاتھ بغلوں میں دبائے چھجے پر پیر لٹکا کر منڈیر پر بیٹھا ہے۔ وہ آہستہ آہستہ ننگے پاؤں چلتی ہوئی اس کے پیچھے جا کر کھڑی ہو گئی۔ تھوڑی دیر کھڑی رہی پھر چپکے سے اپنا ہاتھ اس کے کندھے پر رکھ دیا۔ ہری سنگھ نے مڑ کر دیکھا اور کچھ کہنا چاہا مگر آواز جھلسے ہوئے کاغذ کی طرح بھربھرا کر رہ گئی اور وہ صرف اٹے کی طرف اشارہ ہی کر سکا۔ لجا گردن جھکائے کھڑی رہی۔ تھوڑی دیر بعد ہری سنگھ بھی اٹھ کھڑا ہو گیا۔ لجا اسی طرح کھڑی رہی۔ ہری سنگھ نے ڈھینیچے کی لکڑیوں کے گٹھر سے ایک لکڑی کھینچی اور وہ کچی چھت کی مٹی کو کرید نے لگا۔ تھوڑی دیر تک مٹی کو کریدا، کچھ ٹیڑھی میڑھی لکیریں کھینچیں، پھر لکڑی کو توڑا اور باہر گلی میں پھینک دیا۔ لجا نے بڑھ کر ہری سنگھ کا بازو پکڑ لیا۔ ہری سنگھ نے اس کی طرف دیکھا وہ خشک آنکھوں سے اسے گھور رہی تھی۔ اب اس نے لجا کا ہاتھ اپنے ہاتھ میں دبا لیا تھا۔ لجا کی آنکھیں نم ہونے لگی تھیں اور کاجل رخساروں پر اتر آیا تھا۔ نہ ہری سنگھ نے کچھ کہا اور نہ ہی لجا کچھ بولی، بس دونوں اٹے میں ایک ساتھ داخل ہوئے اور ہری سنگھ نے دروازہ بند کر لیا۔ لجا سمٹ کر مسہری پر بیٹھ گئی۔ لالٹین انھیں گھور رہی تھی۔ ہری سنگ نے اٹھ کر لالٹین کے مہرے کو گھمایا اور جب بتی اتنی گر گئی کہ چمنی کے احاطے سے باہر نکلنا روشنی کے بس میں نہ رہا تو اس نے لجا کے بدن سے پھوٹتی روشنی میں پناہ لی۔ یہ روشنی سرخ نہیں تھی، سبز بھی نہیں تھی، اس کا کوئی رنگ نہیں تھا، یا پھر اس میں سارے رنگ موجود تھے۔ زندگی اور موت کے سارے رنگ۔ وہ رات بھر اسی روشنی کی نرم آگ کے ایک نئے احساس کو اپنے وجود میں اتارتا رہا اور یہ آگ پانی بن کر اس پر برستی رہی اور پھر دھیرے دھیرے اس کے جسم کی تمام چنگاریاں بجھ گئیں۔

صبح ہوئی تو ہری سنگھ کی بوا نے دیکھا کہ لجا شرمائی لجائی اٹے سے نکل رہی ہے، وہ

پھولے نہیں سمائیں۔ ٹھاکر صاحب نے سنا تو سیدھے وید جی کے ہاں دوڑ پڑے۔ "وید جی بھگوان کی دیا ہوئی۔ لجا خوش ہے، ایشور آپ کا بھلا کرے۔" پھر گھر لوٹے اور کئی برس سے بکسے میں بند پڑی بسنتی پگڑی کو نکالا، سر پر سجایا اور لٹھ ہاتھ میں لے کر بازار کی طرف چل پڑے۔ بوا نے کئی طرح کے پکوان تیار کرنے شروع کر دیے۔ لجا کے پتا ٹھاکر نیک سنگھ کے آنے کا سمے ہو گیا تھا۔

ہری سنگھ پوکھر والے موڑ پر ٹھاکر نیک سنگھ کی بس کے انتظار میں صبح سے ہی کھڑا تھا۔ بسیں گزرتی رہیں اور شام ہو گئی۔ وہ مایوس ہو کر لوٹنے ہی والا تھا کہ ایک بس آ کر رکی اور اس میں سے ٹھاکر نیک سنگھ اترے۔ ہری سنگھ بڑھ کر ان کے پیر چھونے کو جھکا۔ ٹھاکر نیک سنگھ نے تعجب سے ہری سنگھ کو دیکھا اور دو قدم پیچھے ہٹ گئے۔ ہری سنگھ کے ہاتھ دگڑے کی دھول میں جا دھنسے، دھول اڑ کر پتا نہیں کیسے ٹھاکر نیک سنگھ کی آنکھوں میں بھر گئی۔ ہری سنگھ کے سامنے فضا شفاف تھی اور ٹھاکر نیک سنگھ کے سامنے غبار آلود۔

جب ہری سنگھ ٹھاکر نیک سنگھ کو لے کر گھر پہنچا تو بوا دروازے کے باہر چھپر کے نیچے کھڑی ان کا انتظار کر رہی تھیں، جلدی سے اندر گئیں اور دالان میں کھاٹ بچھانے لگیں۔ ہری سنگھ بھاگتا ہوا کوٹھے میں گیا اور ایک نئی دری لا کر کھاٹ پر بچھا دی۔ ٹھاکر نیک سنگھ بیٹھ گئے اور اپنا صافہ اتار کر سرہانے رکھ دیا۔ لجا پیتل کا بڑا گلاس بھر کر دودھ لے آئی۔ ٹھاکر نیک سنگھ نے آہستہ سے پوچھا۔ "بٹیا۔۔۔ راضی خوشی ہو۔" اور لجا نے شرما کر گردن جھکا لی"۔

ٹھاکر تیج بہادر بازار میں دن مندے تک ٹہلتے رہے۔ پورے پھڑ کے کئی چکر لگائے اور جب گھر لوٹے تو انھوں نے دیکھا کہ آسمان پر چاند اور کھاٹ پر ٹھاکر نیک سنگھ براجمان ہیں۔ دونوں نے وہیں بیٹھ کر کھانا کھایا۔ ہری سنگھ نے پیتل کی لٹیا میں پانی بھر کر ان کے

پاس رکھ دیا۔ بوا نے دری کا کونا ہٹایا اور کھاٹ کی ادوائن میں دو گلاس اڑس دیے۔ ٹھاکر نیک سنگھ پھٹی پھٹی آنکھوں سے سب کچھ دیکھتے رہے مگر جیسے ہی وہ ہری سنگھ کو دیکھنے کی کوشش کرتے، دگڑے کی دھول ان کی آنکھوں کے سامنے اندھیرا بن کر چھا جاتی۔

جب رات بولنے لگی تو ہری سنگھ لجا کے پتا کی پائینتی آکر بیٹھ گیا اور اپنے مضبوط ہاتھ رضائی کے اندر ان کی پنڈلیوں پر رکھ دیے۔ "پتا جی، آپ تھک گئے ہوں گے۔"

ٹھاکر نیک سنگھ جیسے اچھل پڑے، پھر کروٹ لی، ٹانگیں سمیٹیں اور بغیر کچھ کہے منہ موڑ کر سو گئے۔ ہری سنگھ حیرت سے دیکھتا رہ گیا۔ دوسرے دن لجا کو ٹھاکر نیک سنگھ کے ساتھ جانا تھا۔ وہ چلی گئی اور ہری سنگھ کو لگا جیسے اس کے جسم سے کوئی چیز نکال لی گئی ہو۔

کئی مہینے بیت گئے لجا واپس نہیں آئی۔ ہری سنگھ نے دو چار چٹھیاں لکھیں مگر کوئی جواب نہیں۔ ہری سنگھ کے پتا بلانے گئے مگر اکیلے لوٹ آئے، پوچھے جانے پر کچھ بھی نہیں بتایا۔ پھر اچانک ایک لجا کی چٹھی ملی، بس اتنا لکھا تھا "پتا جی سے کہو مجھے آکر لے جائیں۔" جب ہری سنگھ نے ٹھاکر تیج بہادر کو چٹھی دکھائی تو وہ آگ بگولا ہو گئے۔ "میں ایک بار جا کر لوٹ آیا ہوں اور پھر ریت تو یہ ہے کہ ٹھاکر نیک سنگھ خود بہو کو یہاں چھوڑنے آئیں۔"

ایسی کسی ریت کے بارے میں ہری سنگھ نے پہلے کبھی نہیں سنا تھا۔ اسے وید جی کی بات یاد آئی۔ "ہمارے اہنکار ہی ریت رواجوں کو جنم دیتے ہیں۔"

سردیاں بیتیں، گرمی کی رت آگئی۔ وقت گزرتا رہا اور ایک روز ٹھاکر تیج بہادر نے دیکھا کہ ہری سنگھ دن بھر چلچلاتی دھوپ میں پوکھر والے موڑ کی پلیا پر بیٹھے بیٹھے بے ہوش گیا ہے اور کئی لوگ اسے اٹھا کر لا رہے ہیں۔ گرمی بہت تھی، منہ پر پانی کے چھینٹے مارے، ہوش تو آ گیا مگر پھر ایسی چپی سادھی کہ بولنے کا نام نہیں لیا۔ کئی ہفتے بعد وہ چپکے سے

گھر سے نکلا اور دوڑتا ہوا وید جی کی بیٹھک کے پاس جا پہنچا۔ شہزاد خاں وہاں سے گزر رہے تھے۔ "کیا بات ہے ہری سنگھ؟ کہاں بھاگے جا رہے ہو؟"

ہری سنگھ نے ہانپتے ہوئے وید جی کے دروازے کی طرف اشارہ کیا۔ وید جی کے دروازے پر تالا لٹکا ہوا تھا۔ شہزاد خاں نے تالے پر جمی دھول کو دیکھا اور وہ ٹھنڈی سانس بھر کر اس طرف بڑھ گئے جدھر سے ٹھاکر تیج بہادر گھبرائے ہوئے ہری سنگھ کے پیچھے پیچھے چلے آرہے تھے۔ ٹھاکر تیج بہادر کے قریب پہنچ کر رکے ٹھوڑی میں ہاتھ ڈال کر ان کی گردن اونچی کی اور بولے۔ "ٹھاکر صاحب ہری سنگھ۔۔۔؟"

"ہاں خاں صاحب۔۔۔ ویسے تو وہ ٹھیک ہے، بس گھر میں بند رہتا ہے۔" ٹھاکر تیج بہادر کی آواز اکھڑی اکھڑی سانسوں کے سہارے نکلی۔ "وید جی کے دیہانت کی خبر سن کر بھی وہ گھر سے نہیں نکلا تھا، آج بہت دنوں بعد اچانک۔۔۔"

پھر ان دونوں نے دیکھا کہ ہری سنگھ نے گلی سے ایک اینٹ کا ادھا اٹھا لیا ہے۔ ٹھاکر تیج بہادر اس کی طرف لپکنے ہی والے تھے کہ اینٹ کا ادھا وید جی کی بیٹھک کے بند کواڑوں سے ٹکرا کر چکنا چور ہو گیا۔ پھر اس نے دوسرا ادھا اٹھایا پھر تیسرا اور بہت دیر تک وید جی کے دروزاے پر اینٹیں برساتا رہا۔

وید جی کو گزرے مہینوں ہو گئے ہیں، ان کے گھر پر تالا پڑا ہے۔ مگر ہری سنگھ اکثر وہاں جاتا ہے، دروازے پر دو چار اینٹیں مارتا ہے اور واپس چلا آتا ہے۔ یوں تو وہ ٹھیک ہے لیکن گھر میں جب بھی لجا کی بات نکل آتی ہے تو اس سے رہا نہیں جاتا اور سیدھا وید جی کے دروازے پر جا پہنچتا ہے۔ ٹھاکر تیج بہادر یہ تو نہیں سمجھ سکے کہ وہ ایسا کیوں کرتا ہے مگر اس کی یہ حالت دیکھ کر انھوں نے اپنی بسنتی پگڑی پھر بکسے میں رکھ دی اور سفید صافہ باندھ کر وہ لجا کے گاؤں رام نگر جا پہنچے۔

دونوں ٹھاکر ایک دوسرے کے سامنے ہاتھ جوڑ کر کھڑے تھے۔ دونوں کچھ کہنا چاہتے تھے مگر خاموش تھے۔ ہری سنگھ کے پتا کی آواز کپکپائی۔ "ٹھاکر صاحب کیا انجانے میں کوئی بھول ہوگئی ہم سے۔"

"نہیں ٹھاکر صاحب بھول تو ہم سے ہوئی ہے، اب ہمیں چھما کرو۔"

ہری سنگھ کے پتا کچھ نہیں سمجھ سکے اور بول پڑے۔ "لجا۔۔۔"

"لجا؟ ٹھاکر صاحب لجا کی ماں اسے میری گود میں چھوڑ کر پرلوک سدھار گئی تھی۔ بہت لاڈ سے پالا ہے میں نے اسے، ہنڈولا گھر میں ہوتا تھا اور جھولا باغ میں۔ مجھے کیا پتا تھا کہ ایک دن ان ہی ہاتھوں سے نرک میں جھونک دوں گا اسے۔"

"نرک میں؟ ٹھاکر صاحب یہ کیسی باتیں۔۔۔"

"اور کیا اسے سوَرگ کہوں؟ ہمارے ساتھ دھوکا ہوا ہے۔ اس پاگل کو ہماری بیٹی کے پلّے باندھ دیا۔ وہ تو بھلا ہو سندر اور چودھری صاحب کا کہ دوسرے دن ہی یہاں آکر سب بتا گئے اور میں چپ چاپ اس نرک سے اسے نکال لایا ورنہ وہ تو گھٹ گھٹ کر مر جاتی۔"

"مگر ٹھاکر صاحب وہ تو بچپن کی بات ہے۔ اب تو ہری سنگھ ٹھیک ہے۔ بس لجا کو۔۔۔"

"ٹھیک ہے! اور بیاہ کے دوسرے دن جب لجا کو لینے گیا تو وہ پاگلوں کی طرح پورے دن پوکھر والی پلیا پر بیٹھا رہا، اس پر کہتے ہو کہ اب وہ بالکل ٹھیک ہے اور جب میں بس سے اترا تو اس نے پتا ہے کیا کیا؟ میرے پیر چھوئے۔ ٹھاکر کیا تم نہیں جانتے کہ ٹھاکروں میں داماد نہیں سسر پیر چھوتے ہیں داماد کے۔ کس طرح میرے آگے پیچھے لگا گھوم رہا تھا۔ کبھی پانی لا کبھی چلم۔ کبھی ہاتھ پاؤں دھلانے کو لوٹا لیے براجمان اور تو اور رات میں پاؤں

دبانے بیٹھ گیا۔ یہی ٹھاکروں کے ریت رواج ہیں کیا؟ کہتے ہو ٹھیک ہو گیا ہے وہ۔۔۔ یہی ٹھیک ہوا ہے۔ چٹھی پر چٹھی لکھتا ہے لجا کو، گڑگڑاتا ہے مہراروکے آگے۔ لکھتا ہے میں پاگل ہو جاؤں گا۔ ٹھاکر کہتے ہیں اپنے آپ کو ٹھاکر۔ آن ہے نہ بان۔ بہو کو لینے آئے ہیں۔خود آن پہنچے ناک رگڑتے ہوئے۔"

لجا اوٹے کے پیچھے کھڑی سب کچھ سن رہی تھی۔ رہا نہیں گیا، سسکتے ہوئے بولی۔ "پتا جی۔۔۔" اتنا ہی کہہ پائی تھی کہ ٹھاکر نیک سنگھ دہاڑے۔ "تو جا اندر خبردار جو باہر نکلی۔ منا کو چھوڑے یہاں کھڑی ہے۔وہ کوٹھری میں اکیلا پڑا ہے۔"

"منا؟ آپ نے خبر نہیں دی۔"

"ٹھاکر صاحب جب آپ سے کوئی ناتا ہی نہیں رہا تو خبر کیسی۔ میں نہیں چاہتا کہ منا پر اس پاگل کا سایہ بھی پڑے۔"

"وہ پاگل نہیں ہے ٹھاکر صاحب۔۔۔ اس نے جو کچھ کیا، وہ وید جی کے سکھائے ہوئے سنسکار تھے۔ ان ہی کی سنگت کا اثر ہے۔انھوں نے ہی اپنے بڑوں کی عزت کرنا اور جھوٹی آن بان سے بچنا سکھایا ہے۔"

"ہوں۔۔۔ بڑوں کی عزت؟ اور اپنی عزت۔۔۔؟ اپنی عزت مٹی میں ملانا بھی وید جی نے ہی سکھایا ہو گا۔ وید جی کے سنسکار سیکھ لیے اور اپنے سنسکار بھول گیا۔ میں کہہ چکا ہوں، ٹھاکر صاحب آپ سے ہمارا اب کوئی ناتا نہیں۔" ٹھاکر تیج بہادر کی کنپٹی پر جیسے کسی نے اینٹ کا ادھا دے مارا ہو۔۔۔ "اینٹ کا ادھا"۔ "وید جی کا بند دروازہ"۔ ہری سنگھ ایک کے بعد ایک اینٹ کے اڈّھے چلا رہا ہے۔ اب کچھ کچھ ٹھاکر تیج بہادر کی سمجھ میں آ رہا تھا کہ ہری سنگھ وید جی کے دروازے پر اینٹیں کیوں مارتا ہے۔ وہ مڑے اور بھاری بھاری قدموں سے رام نگر کی سرحد پار کرتے ہوئے واپس اپنے قصبے کی طرف لوٹنے

لگے۔

لوٹ کر جب ٹھاکر تیج بہادر نے ساری بات ہری سنگھ کی بوا کو بتائی تو گھر میں کہرام مچ گیا۔ ہری سنگھ نے سنا تو بھاگ کر کوٹھری میں بند ہو گیا۔ بہت دیر دروازہ پیٹنے کے بعد جب کواڑ کھولے تو ٹھاکر تیج بہادر نے دیکھا کہ ہری سنگھ پاجامے کا ایک پائینچا پھاڑ کر اپنے گلے میں لپیٹے ہوئے ہے۔ کواڑ کھلتے ہی وہ کوٹھری سے باہر آ گیا۔

"بوا، لجا کے پتا جی کو پجامہ پہنا دو۔۔۔" پھر چاروں اور دیکھتے ہوئے بولا۔ "لجا کہاں ہے؟ ارے ہاں وہ تو اپنے پتا جی کے ساتھ گنگا نہانے گئی ہے" پھر اس نے ایک چھلانگ ماری اور تیزی سے گلی میں دوڑ پڑا۔ اب وہ صبح سے شام تک پوکھر والے موڑ کی پلیا پر بیٹھا رہتا ہے اور ہر راہ گیر سے پوچھتا رہتا ہے۔

"بھیا گنگا نہا کے آ رہے ہو؟ لجا ملی تھی؟"

جواب نہ پا کر وہ بڑبڑاتے ہوئے اس طرف دیکھنے لگتا جہاں سے بس آتی دکھائی پڑتی۔ بس آتی اور اس کا منہ چڑاتی ہوئی گزر جاتی۔ اگر کوئی بس رکتی اور اس میں سے کوئی زنانی سواری اترتی تو وہ دوڑ کر اس سے لپٹ جاتا۔ "لجا۔" ایک بار تو اس کی بری طرح پٹائی شروع ہو گئی۔ وہ تو کہیے کسی بھلے مانس نے پہچان لیا۔ "ارے یہ تو ہری سنگھ ہے۔۔۔ پگلا۔۔۔"

ٹھاکر تیج بہادر کئی بار رام نگر جا کر لوٹ آئے مگر لجا کو نہ لا سکے، ہاں اتنی خبر ضرور لے آئے کہ لجا کا بیٹا منا اب پاٹھ شالا جانے لگا ہے۔ دن مہینے اور برس آتے جاتے رہے۔ موسم بدلے مگر اب کیا گرمیاں اور کیا سردیاں، ہری سنگھ کی حالت ایک جیسی رہنے لگی۔۔۔ منا۔۔۔ نہیں لجا۔۔۔ ہاں لجا اب ایک چھوٹے سے بچے کی شکل اختیار کر چکی تھی۔ اس بچے کی شکل جسے اس نے کبھی نہیں دیکھا تھا۔ اسے لگتا کہ وہ اس کے انگنے میں ادھر

ادھر ٹھمکتی گھوم رہی ہے۔ وہ ننھی سی بچی ہے یا سلونا سا بچہ۔۔۔۔پتا نہیں۔ مگر جب وہ اس کے قریب پہنچتا تو وہ کسی کونے میں دبک جاتی، بس وہ اپنا سر اسی کونے کی بھیت پر پٹکنے لگتا اور نڈھال ہو کر دھرتی پر چاروں خانے چت پڑ جاتا۔ اب کی گرمیوں میں وہ کسی بچے کا کچھا اٹھالایا تھا۔ رات بھر چبوترے پر بیٹھا بیڑیاں پیتا رہا۔ کبھی کچھے کو جھاڑ پونچھ کر تہہ کر کے پاجامے کی انٹی میں اڑس لیتا اور کبھی چھپا کر بنیان کی جیب میں رکھ لیتا۔ رات بھر یہی کرتا رہا، صبح ٹھاکر تیج بہادر نے دیکھا کہ وہ چبوترے پر نہیں ہے۔ وہ گاؤں بھر میں نہیں تھا۔ بوا نے رو رو کر گھر بھر دیا۔ باپ نے آس پاس کے تمام گاؤں کھنگال ڈالے مگر اس کا کہیں پتا نہ چلا۔ ہفتوں گزر گئے۔ ٹھاکر تیج بہادر کی امیدیں ٹوٹنے لگیں کہ اچانک انھیں رام نگر کا خیال آیا۔

ٹھاکر تیج بہادر اسٹیشن پر اتر کر کھیتوں کو پار کرتے ہوئے رام نگر کی طرف جا رہے تھے کہ دو آدمی آتے دکھائی پڑے۔ "بھیا کیا رام نگر سے آ رہے ہو؟"

"ہاں۔"

تیج بہادر نے گھبرا کر پوچھا۔ "رام نگر میں ہری سنگھ۔۔۔ میرا مطلب ہے کوئی پاگل۔۔۔"

"پاگل۔۔۔؟" دونوں ایک دوسرے کا منہ دیکھنے لگے۔

ٹھاکر تیج بہادر نے کہا۔ "تم رام نگر والے ٹھاکر نیک سنگھ کو جانتے ہو؟"

ایک شخص کچھ سوچتے ہوئے اپنے ساتھی سے مخاطب ہوا۔ "ارے یہ اس باؤلے کی بات کر رہے ہیں جس کا دایاں ہاتھ جلا ہوا تھا۔"

"ہاں ہاں وہی۔"

"ارے وہ۔ پہلے تو وہ کئی دن تک گاؤں کی دھرم شالا میں پڑا رہا پھر کچھ بچے۔۔۔"

راہ گیر بولتا رہا، ٹھاکر تیج بہادر بت بنے کھڑے رہے۔ ان کی خشک آنکھیں کھلی تھیں اور وہ سوچ رہے تھے بلکہ دیکھ رہے تھے کہ ہری سنگھ دھرم شالا میں پڑا ہے۔ اس کے گرد بہت سے بچے جمع ہیں۔ منا ایک کونے میں سہما سمٹا کھڑا اسے تکے جا رہا ہے۔ "منا۔۔۔؟ ہاں یہ منا ہی ہے۔ میں نے اسے کبھی نہیں دیکھا تو کیا ہوا۔۔۔؟ کیا میں ہری سنگھ کو نہیں پہچانتا؟ ہری سنگھ کو پہچانتا ہوں تو منا کو بھی پہچان سکتا ہوں۔" ہری سنگھ رک رک کر کہہ رہا ہے۔ "سدا بڑوں کا آدر کرو۔ جھوٹی آن بان اور جھوٹے ریت رواجوں سے بچنا سیکھو۔ ہمارے اہنکار ہی ریت رواجوں کو جنم دیتے ہیں۔" منا اس کی گود میں آن بیٹھا ہے۔ سامنے راہ گیر کھڑا کچھ بولے جا رہا تھا۔ اس کے شبد اینٹ کے ادھوں کی طرح ان کی کنپٹیوں پر پڑ رہے تھے۔

"پھر کہاں گیا وہ؟" ٹھاکر تیج بہادر کے منہ سے نکلا۔

راہ گیر نے ٹھنڈی سانس لی۔ وہ بچوں سے ان کی ماؤں کے نام پوچھتا رہتا تھا اور کسی وید جی کی کہانی سنایا کرتا تھا۔ لگتا ہی نہیں کہ وہ پاگل ہے۔ مگر ایک دن تو اس نے انرتھ ہی کر ڈالا۔ ٹھاکر نیک سنگھ کی بٹیا۔۔۔"

ٹھاکر تیج بہادر بولے۔ "للجا۔۔۔؟"

"نام تو ہمیں پتا نہیں۔۔۔ ہم تو گاؤں کے اسکول میں پڑھانے آتے ہیں"۔ وہ لمحے بھر کے لیے رکا، لیکن وہ لمحہ ٹھاکر تیج بہادر کو بہت طویل ہوتا محسوس ہوا اور پھر جب اس لمحے کا بلبلہ پھوٹا تو ان کے کانوں میں آواز آئی۔ "وہ باولا ٹھاکر صاحب کے ناتی کو لے کر بھاگ نکلا۔ وہ تو کہو کچھ لوگوں نے دیکھ لیا۔ بڑا ہو ہلا ہوا مگر اس نے بچے کو نہ چھوڑا۔ لوگوں نے پیچھے سے اینٹیں اور ڈھیلے مارنے شروع کیے۔ پیٹھ سے خون نکلنے لگا مگر رکنے کا نام ہی نہیں لیتا تھا۔ بھگوان کا کرنا تھا ادھر سے سرپنچ آ رہے تھے۔ یہ ماجرا دیکھا تو گھما کر لاٹھی اس

کے سر پر دے ماری تب جا کر وہ گرا۔"

ٹھاکر تیج بہادر نے آنکھیں موند لیں اور بند آنکھوں سے دیکھا کہ ہری سنگھ کے سر سے خون بہہ رہا، ناک سے پھوار پھوٹ پڑی ہے اور وہ بچے کو گود میں چھپائے زمین پر پڑا تڑپ رہا ہے۔

ٹھاکر تیج بہادر کے پیروں کے نیچے زمین کانپنے لگی، آنکھیں کھولیں اور گھبرا کر بولے۔"تو کیا وہ مر گیا؟"

"ہاں وہ تو وہیں مر گیا تھا۔ اگر نہ مرتا تو بچے کا جانے کیا حال کرتا۔ چھوڑنے کا نام ہی نہ لیتا تھا۔ بڑی مشکل سے لوگوں نے اس کے ہاتھ سے بچے کو چھڑایا۔"

ٹھاکر تیج بہادر کا دل دھک سے رہ گیا جیسے وید جی کے دروازے پر کسی نے اینٹ کا ادھا دے مارا ہو۔ انھیں لگا کہ وید جی کی بیٹھک کا دروازہ اکھڑ کر دور جا گرا ہے اور اندر وید جی کی لاش پڑی سڑ رہی ہے۔ وہ شخص بولے جا رہا تھا"اس کا کریا کرم بھی ٹھاکر نیک سنگھ نے ہی کیا تھا۔ بڑی آن بان کے ساتھ کیا تھا اس کا انتم سنسکار۔ بڑے ہی نیک آدمی ہیں بے چارے۔"

دوسرا شخص جو دیر سے خاموش تھا بول پڑا۔۔ "ارے بھئی وہ پاگل تھوڑی تھا وہ تو جادوگر تھا۔ مرنے کے بعد بھی اس کا جادو چل رہا تھا۔"

ٹھاکر تیج بہادر نے اس کے چہرے پر نظریں گڑا دیں۔

"پتا ہے کیا ہوا؟"

"کیا؟" ٹھاکر تیج بہادر کے منہ سے نہیں پورے وجود سے آواز نکلی۔

"ٹھاکر جی کا ناتی اس کی جلتی چتا۔۔۔"

"جلتی چتا میں کود پڑا؟"

"نہیں، کودا تو نہیں مگر اسے جلتا دیکھ کر بلک بلک کر رونے لگا اور پھر بے ہوش ہو گیا۔"

"بے ہوش ہو گیا؟ ہری سنگھ کا بچہ بے ہوش ہو گیا۔ مطلب ہری سنگھ مرا نہیں، وہ زندہ ہے۔ عجب لوگ ہیں کہتے ہیں مر گیا۔ وید جی کے بارے میں بھی یہی کہتے ہیں کہ مر گئے۔"

ٹھاکر تیج بہادر کی آنکھوں کے آگے اندھیرا چھانے لگا انھیں محسوس ہوا کہ وید جی کی بیٹھک کا دروازہ پوری طرح سلامت ہے اور اس کا ایک پٹ جس پر ابھی اینٹ کے ادھے کے سرخ نشان موجود ہیں کھلا ہوا ہے اور ہری سنگھ کا بچہ بیٹھک سے باہر نکل کر اپنے ننھے منے ہاتھوں سے ان نشانوں کو مٹانے کی کوشش کر رہا ہے۔ "بچہ بے ہوش ہو گیا یعنی وید جی زندہ ہیں۔" وہ بڑبڑا رہے تھے۔ دونوں راہ گیروں نے ایک دوسرے کی طرف دیکھا اور کچھ سمجھے بغیر وہاں سے چل دیے۔

"ہری سنگھ زندہ ہے۔۔۔" ٹھاکر تیج بہادر پھر بڑبڑائے۔ اس کے بعد انھوں نے اپنی پگڑی اتاری، اس سے منہ کا پسینا پونچھ کر اطمینان کی سانس لی اور واپس اسٹیشن کی طرف لوٹ پڑے۔

***

پورٹریٹ

"آج وہ اس پہاڑ کی سب سے اونچی چوٹی پر جاکر تصویر بنائے گا۔ وہ برسوں سے بھٹک رہا ہے۔ کبھی نالندہ کے کھنڈروں میں اور کبھی بودھوں کے پرانے مندر کے ارد گرد۔ اس نے راجگیر کے برہما کنڈ میں اشنان کرتی دوشیزاؤں کی تصویریں بنائی ہیں تو کبھی کشمیر کی پہاڑیوں سے گرتے جھرنوں کی۔ اس کا برش اجنتا کی خوبصورت وادیوں سے بھی آشنا ہے اور وہ ایلورا کی پتھریلی زندگیوں میں بھی رنگ بھر چکا ہے۔"

اس نے تھیلے میں سامان رکھا، ڈرائنگ بورڈ ہاتھ میں لیا اور گھر سے نکل کر پہاڑ کی چوٹی کی طرف نظر اٹھا کر دیکھنے لگا۔

"چوٹی پر جمی برف کو دیکھنے بہت سے لوگ اوپر چڑھ رہے ہیں۔ راستے میں جگہ جگہ پکوڑوں کے خوانچے اور چائے کی دکانیں ہیں۔ اوپر ایک چھوٹا سا میلا لگتا ہے، جہاں چیزیں بہت مہنگی ملتی ہیں لیکن لوگ سستی چیزیں زیادہ داموں میں خرید کر خوش ہوتے ہیں۔"

اب وہ چوٹی پر پہنچ گیا تھا۔ اس نے دیکھا کہ جہاں لوگ اپنا اپنا قیمتی سامان بیچ رہے ہیں اس سے ذرا پہلے ایک بوڑھا فقیر پرانا اوور کوٹ پہنے، جو جگہ جگہ سے پھٹ کر گدڑی کی شکل اختیار کر چکا ہے، ایک پیڑ کے نیچے بیٹھا ہاتھ پھیلائے بھیک مانگ رہا ہے،

"بابو کچھ دیتا جا۔"

فقیر ہر ایک سے سوال کر رہا ہے مگر لوگ اس کو دیکھے بغیر ہی برابر سے گزر جاتے

ہیں اور وہ ان کے چہروں کو اس طرح تکتا ہے، جیسے کہنا چاہتا ہو،

"بابو۔ اے بابو ادھر دیکھ تو لے۔"

اس نے اپنی جیب کو ٹٹولا۔ حالانکہ اسے یقین تھا کہ جیب خالی ہے۔ جیب خالی تھی۔ یہ اس کے لیے کوئی نئی بات نہیں لیکن آج فقیر کو کچھ دینے کی خواہش دل میں رہ رہ کر اٹھ رہی تھی۔

لمبی داڑھی اور سفید گھنی بھنویں۔ لمبی لمبی انگلیاں اور ان پر ابھری نیلی نسیں۔ "یہ کتنی آرٹسٹک لگ رہی ہیں۔ آرٹسٹک! نہیں۔۔۔ مجھے یہ نہیں سوچنا چاہیے۔ آخر کتنی مصیبتیں جھیلی ہوں گی اور کتنے فاقے کیے ہوں گے اس بوڑھے فقیر نے، تب اس کی یہ حالت یعنی آرٹسٹک حالت بنی ہو گی۔ کاش اسے کچھ دے سکتا۔ جن کی جیب میں بہت کچھ ہے وہی کون سا دے رہے ہیں۔ پھر یہ درد میرے ہی دل میں کیوں۔ میری جیب خالی ہے شاید اس لیے۔"

وہ بازار سے گزرتے ہوئے اکثر سوچتا کہ جب اس کی جیب میں پیسے ہوں گے تو یہ ڈرائنگ بورڈ خریدے گا۔ وہ برش، گھنے بالوں والا برش بھی لے گا۔ اب اس کے سینڈل بھی پرانے ہو گئے ہیں اور یہ پینٹ کا کپڑا کتنا خوبصورت ہے۔ لیکن جب کوئی پینٹنگ بکتی اور جیب بھری ہوتی تو پرانے ڈرائنگ بورڈ اور گھسے ہوئے برش سے ہی کام چل جاتا۔ "سینڈل اور یہ پینٹ، سب تو ٹھیک ہے ابھی۔" وہ دل میں کہتا اور سینہ چوڑا کیے دکانوں کی طرف بغیر دیکھے ہی بازار سے گزر جاتا۔

"تو کیا آج بوڑھے فقیر کو کچھ دینے کی خواہش بھی۔۔۔؟ نہیں۔۔۔" اس کے دل میں چبھن سی ہوئی شاید کوئی وار ہوا تھا۔ اس کے قدم اچانک رُک گئے اور وہ بوڑھے فقیر کے سامنے سڑک کے اس پار ایک بڑے پتھر پر بیٹھ گیا۔

"یہ تو کچھ اچھے لوگ معلوم ہوتے ہیں۔ کچھ نہ کچھ اس فقیر کو ضرور دیں گے۔"

ان کے ساتھ ایک سولہ سترہ سال کی معصوم سی لڑکی بھی تھی۔

"کسی انگریزی اسکول کی اسٹوڈنٹ معلوم ہوتی ہے۔ کتنا درد ہے اس کی آنکھوں میں اور کتنے غور سے بوڑھے فقیر کو دیکھ رہی ہے۔ ہاں ہاں دیکھو، وہ فقیر کے قریب سے گزرنا چاہتی ہے۔ ضرور کچھ دے گی۔" لیکن جب وہ اس کے قریب سے گزری تو ناک پر رومال رکھتے ہوئے کانوینٹیئن انداز میں بولی۔

"اف ڈیڈی، انڈیا سے یہ بھک منگے کب ختم ہوں گے۔"

ڈیڈی نے فقیر پر حقارت بھری نظر ڈالی اور کہا، "چلو بیٹی یہ سب ڈھونگی ہوتے ہیں۔"

فقیر کی داڑھی اور مونچھوں میں چھپے ہونٹوں میں جنبش ہوئی۔ شاید بوڑھے نے مسکرانے کی کوشش کی تھی۔

اس نے بورڈ پر ڈرائنگ شیٹ لگائی اور ایک کٹوری میں بوتل سے پانی نکال کر برش صاف کرنے لگا۔ پھر اس نے پوری شیٹ کو نیلا رنگ دیا۔ "میں نے شیٹ کو نیلا کیوں رنگا؟" وہ سوچنے لگا۔

"کیا اس لیے کہ نیلا رنگ آسمان کی وسعت اور سمندر کی گہرائی کی علامت ہے؟ نہیں۔۔۔ تو پھر؟ زہر۔۔۔"

اس نے نظریں اٹھا کر سامنے بیٹھے فقیر کی جانب دیکھا تو لگا کہ بوڑھے کا چہرہ نیلا پڑ چکا ہے۔ شیٹ پر نیلا رنگ کچھ خشک ہوا تو اس نے سب سے پہلے بوڑھے فقیر کے چہرے میں دھنسی آنکھیں بنائیں۔

"کتنی گہرائی ہے ان آنکھوں میں۔"

اس نے فقیر کی آنکھوں میں جھانک کر دیکھا تو کتنے ہی مفکر، فلسفی اور دانشور نظر آئے جو اس کی گہری آنکھوں کی تہ میں کچھ تلاش کر رہے تھے۔

"آنکھوں سے سب کچھ کھرچا جا چکا ہے اور اب وہ دھندلی ہو گئی ہیں۔"

بوڑھی پیشانی پر ابھری بے جان شکنیں کسی بلندی پر لے جانے والی سیڑھیاں معلوم ہو رہی تھیں۔

"سینکڑوں آرٹسٹ ان سیڑھیوں پر بیٹھے تصویریں بنا رہے ہیں اور زمانہ ان کے فن پر داد لٹا رہا ہے۔"

"بابو کچھ دیتا جا۔۔۔" فقیر نے جاتے ہوئے ایک شخص کی طرف دونوں ہاتھ بڑھائے۔ بڑھے ہوئے موٹے موٹے ناخنوں میں بھرا میل، سفید رونگٹے، ابھری ہوئی نیلی نسیں اور چھپکلی کے پیٹ کی طرح ہتھیلی کی زرد کھال۔ محسوس ہوا کہ فقیر کے دونوں ہاتھ کسی خوبصورت سفید شاہی عمارت کے نقش و نگار بنانے میں مصروف ہیں۔

"کتنی کاریگری ہے ان بوڑھے اور لاغر ہاتھوں میں۔"

اسے لگا کہ بوڑھے فقیر کے دونوں ہاتھ کاٹ لیے جائیں گے۔

"نہیں۔۔۔"

اور اس نے جلدی سے بوڑھے کے دونوں ہاتھوں کو مٹیالے رنگ سے ڈرائنگ شیٹ پر بنا دیا۔

"چہرہ مکمل ہونے بھی نہ پایا کہ ہاتھ بنا بیٹھا!!"

احساس ہوا کہ وہ بوڑھے فقیر کی تصویر بڑی بے ترتیبی سے بنا رہا ہے۔ بوڑھے کی گردن میں اودے رنگ کے پتھروں کی مالا پڑی تھی۔ اس کا برش اودے رنگ میں سن چکا ہے، مگر اب پتھر اپنا رنگ بدل رہے تھے۔ اس نے غور سے دیکھا۔ "پتھر پھول بنتے جا

رہے ہیں اور کوئی شخص پھولوں سے لدا بوڑھے کے نزدیک کھڑا ہے اور بار بار بوڑھے کی طرف اشارہ کرتا ہے۔ مجمع پھولوں سے لدے شخص کی جے جے کار بولتا ہے اور جب لوگ اسے اپنے کندھوں پر بٹھا لیتے ہیں تو وہ شخص اس بوڑھے فقیر کی جانب ایک نظر بھی نہیں ڈالتا۔" اس کا گدڑی نما اوور کوٹ عین ناف کے اوپر سے پھٹا ہوا تھا۔ کھال سوکھ کر چمڑا ہو گئی تھی اور پیٹ کنویں کی طرح اندر دھنس گیا تھا۔ اس نے سوچا، دھنسے ہوئے کنویں کو رنگوں سے اٹا دے مگر لگا کہ اگر رنگوں کے گودام بھی خالی ہو جائیں تو بھی یہ کنواں نہیں اٹ سکتا۔

"بابو کچھ دیتا جا۔۔۔"

تصویر بناتے بناتے اس نے آنکھیں موند لیں۔ اپنی ہی آواز گونجی، "پیسا۔۔۔ پیسا۔۔۔ ایک پیسا۔۔۔" اسے یاد آیا بچپن میں جب وہ آنکھیں میچ کر پیسے مانگنے والا کھیل کھیلتا تو ہمیشہ کوئی بچہ اس کے ہاتھ پر تھوک دیتا۔ اس نے دیکھا کہ بوڑھے فقیر کے پاس سے کوئی بچہ گزر رہا ہے۔ نہ جانے کیوں لگا کہ بچہ ضرور بوڑھے کے ہاتھ پر تھوک دے گا۔ دل دھڑکنے لگا اور رگوں میں دوڑتے خون کی رفتار تیز ہو گئی۔ "خون۔۔۔ سرخ خون۔۔۔" اب اس نے شیٹ پر چاروں طرف سرخ رنگ پوت دیا تھا۔ رنگ کچھ اس طرح بکھرا کہ شیٹ پر بے شمار لال جھنڈے لہراتے نظر آئے۔ اسے لگا کہ بوڑھے فقیر کے دکھ درد کا حل ڈھونڈ لیا گیا ہے۔ تصویر کو غور سے دیکھا۔ تصویر، بوڑھے لاغر اور بے بس فقیر کی تصویر سرخ رنگ کے دائرے میں کچھ سہم سی گئی تھی۔ آرٹسٹ کی رگوں میں دوڑتے خون کی رفتار دھیمی پڑ گئی اور اب اس کے برش کا سرخ رنگ زرد پڑ چکا تھا۔ بوڑھے نے پیچھے ہٹ کر درخت کے تنے سے کمر ٹکا لی۔ درخت پر پھل لٹک رہے تھے۔ اس نے ڈرائنگ شیٹ پر درخت بنایا اور پھلوں کی جگہ بے شمار سکے لٹکا دیے۔ ایک سکہ

درخت سے ٹوٹا، لیکن جب وہ بوڑھے کے پاس آکر زمین پر گرا، تو سکہ نہیں کسی پرندے کا کترا ہوا کچا پھل تھا۔

اب تصویر مکمل ہو چکی تھی۔۔۔

"کتنی خوبصورت پورٹریٹ ہے۔" کسی نے کہا۔

"۔۔۔"

"جی ہاں آرٹسٹ نے کلر کمبینیشن پر بہت زور دیا ہے۔" دوسرا بولا۔

"یہ آپ کے نئے بنگلے کے ڈرائنگ روم میں۔۔۔"

"ہاں ہاں، میں بھی یہی سوچ رہا تھا۔ مگر آئل پینٹنگ ہوتی تو زیادہ اچھا تھا۔"

"لیکن صاحب آئیڈیا دیکھیے۔ وہ دیکھیے وہاں سے کچھ نیچے آکر پیڑ سے ٹوٹا ہوا سکہ کسی پھل کی سی شکل اختیار کرنے لگا ہے اور زمین پر آتے آتے۔۔۔"

"ہاں بھئی پینٹنگ تو بہت اچھی ہے۔ کتنے کی ہے یہ پورٹریٹ؟"

"کتنے بتاؤں۔۔۔ جو مانگوں گا وہی ملے گا آج تو۔"

وہ ذہن میں جو دام مقرر کرتا وہ کبھی زیادہ لگتے کبھی کم۔ دونوں شخص سامنے کھڑے اس کے جواب کا انتظار کر رہے تھے کہ اچانک اس نے کچھ کہا۔ کیا کہا؟ یہ وہ خود نہیں سن سکا لیکن جب سامنے والے شخص نے اطمینان کی سانس لیتے ہوئے اس کی بتائی ہوئی رقم دہرائی تو اس نے سوچا۔۔۔

"ایں یہ کیا! میں نے صرف اتنے ہی مانگے! اس سے زیادہ میں سوچ بھی تو نہیں سکتا تھا۔ خیر اتنے ہی کافی ہیں۔ یہ سب پیسے بوڑھے فقیر کو دے دوں گا۔ اسے کسی کے آگے ہاتھ پھیلانا نہیں پڑے گا۔ ان پیسوں سے وہ کوئی چھوٹا موٹا دھندا کر سکتا ہے۔ کچھ نہیں تو پتھر کی مورتیاں اور مورتیوں کی مالائیں بیچنے لگے گا۔"

"یہ لو۔۔۔"اس سے زیادہ نہیں۔ابھی تو فریم بھی بنوانا ہے۔"

"نہیں صاحب اس سے کم نہیں۔"اس نے کہنا چاہا مگر منہ سے کچھ نہ نکلا اور چپ چاپ دی ہوئی رقم ہاتھ میں تھامے اٹھ کر کھڑا ہو گیا۔

"کتنا خوش ہو گا بوڑھا فقیر۔اتنی بڑی خوشی زندگی میں پہلی بار ملے گی۔"

جب وہ بوڑھے کے پاس پہنچا تو اس نے ہاتھ پھیلا کر سوال کیا،

"بابو کچھ دیتا جا۔۔۔کچھ دیتا جا بابو۔۔۔"

چاہا کہ جھک کر اس کے ہاتھ پر سارے روپیے رکھ دے مگر اس نے دیکھا کہ کچھ لوگ قریب سے گزر رہے ہیں۔

اس نے ہاتھ روک لیا۔

"کیا سوچیں گے یہ لوگ۔ سمجھیں گے میں کوئی پاگل ہوں۔"

وہ وہیں کھڑا لوگوں کے گزر جانے کا انتظار کرتا رہا۔

"میں یہاں کھڑا ہوں۔لوگ دیکھ رہے ہیں۔میں اس طرح کیوں کھڑا ہوں شاید وہ سوچ رہے ہوں گے۔"

وہ دو چار قدم ٹہلتا ہوا آگے بڑھا اور پھر پیچھے لوٹ آیا۔بوڑھا حیرت زدہ نظروں سے دیکھنے لگا۔

"بوڑھا حیرت زدہ ہے، شاید میں نے فقیر کے ہاتھ پر نوٹوں کی موٹی گڈی رکھ دی ہے۔"

اس نے مسکرانے کی کوشش کی اور فقیر کی طرف دیکھا۔فقیر بھی مسکرا رہا تھا گویا وہ فقیر نہ ہو قد آدم آئینہ ہو۔

آئینے میں کسی احمق کا چہرہ دکھائی دیا۔

"فقیر پھر مسکرا رہا ہے، دل ہی دل میں ہنس رہا ہے گویا سوچ رہا ہو کہ عجب سر پھرا شخص ہے۔"

اب آرٹسٹ کا حلق خشک ہو گیا تھا۔ بوڑھے نے کھنکارا تو اسے لگا کہ بوڑھا فقیر قہقہہ مار کر ہنس پڑا ہے۔

"بابو کچھ دیتا جا۔۔۔"

فقیر نے ہاتھ بڑھایا۔ ہاتھ خالی تھا۔ آرٹسٹ نے اپنے ہاتھ پر نظر ڈالی، اس کے اپنے ہاتھ میں نوٹوں کی موٹی گڈی تھی۔ اسے محسوس ہوا کہ بوڑھے نے اس کی ذہنی حالت پر ترس کھا کر پیسے لوٹا دیے ہیں۔ پل بھر کے لیے لگا کہ وہ خود فقیر کی جگہ بیٹھا بھیک مانگ رہا ہے۔ ہاتھ خود بخود پیٹ پر پہنچ گیا۔ "بھوک لگ رہی ہے۔"

بھوک تو اس وقت بھی لگ رہی تھی جب وہ گھر سے نکلا تھا۔

"پہلے چل کر کچھ کھا لیا جائے۔" اس نے سوچا اور سامنے چائے کے ہوٹل میں گھس گیا۔ ہوٹل کا بل چکانے کے بعد باقی روپیوں کو ہاتھ میں تھامے ٹہلتا ہوا پھر بوڑھے فقیر کے قریب آن پہنچا۔ فقیر نے کنکھیوں سے دیکھا اور تار تار اوور کوٹ کی جیب کو گھٹنوں میں دبا کر محفوظ کر لیا۔ "کمبخت سوچ رہا ہے میں کچھ چھین کر بھاگ جاؤں گا۔"

اس نے نفرت سے فقیر کی طرف دیکھا۔ "وہ اوندھے منہ پڑا تھا اور بہت سارے چاندی کے سکے فرش پر بکھرے ہوئے تھے۔ پولیس والوں نے تلاشی لی تو گدڑی سے نوٹوں کی گڈیاں نکلنے لگیں۔ اخبار والوں نے فوٹو کھینچے۔ پلیٹ فارم پر بھیک مانگتا تھا۔ نحیف و نزار فقیر۔۔۔ اس بوڑھے سے بھی بدتر حالت تھی اس کی۔"

اب آرٹسٹ کے ہاتھ میں چند روپیے تھے۔ باقی ڈرائنگ شیٹ اور رنگ خریدنے کے لیے جیب میں رکھ لیے تھے اور گھوم کر فقیر کے پیچھے آ گیا تھا۔ بوڑھا پہلو بدلنے لگا

اور بیساکھی بھی کھسکا کر قریب کر لی۔

"نہ جانے کیا سمجھ رہا ہے۔ مگر مجھے اس سے کیا غرض۔ مجھے تو اس کی مدد کرنی ہے۔ اگر مجبوری نہ ہوتی تو پورے پیسے ہی دے دیتا۔ خیر اتنے بھی اس کے لیے کافی ہیں۔"

بوڑھا کھانسا تو لگا کہ بوڑھا پھر زور سے قہقہہ مار کر ہنس پڑا ہے۔ اس کا وہ ہاتھ جس میں روپیے تھے لرز گیا۔ یاد آیا کہ جب اس نے دو دن سے کھانا نہیں کھایا تھا اور اپنے ایک امیر دوست سے کچھ پیسے ادھار مانگنے گیا تھا تو کتنی دیر تک یوں ہی بیٹھا رہا۔ کئی بار مانگنے کی کوشش کی مگر کوئی سہارا ہی نہیں مل پایا کہ کس طرح بات شروع کرے۔ کسی امیر سے کچھ مانگنا کتنا مشکل ہے۔ کیسی عجیب کیفیت تھی وہ۔ مگر آج کسی غریب کو اتنے روپیے دینا، ٹوٹے سینڈل اور پھٹی پتلون پہن کر اتنے روپیے دینا اس مانگنے سے کہیں زیادہ مشکل ہو گیا تھا۔ ایک بار پھر فقیر کو پیسے دینے کی کوشش کی مگر لگا کہ اس کے چاروں طرف بھیڑ جمع ہے اور سر پر راجا ہریش چندر کا مکٹ باندھے اسٹیج پر کھڑا کوئی کرتب دکھا رہا ہے۔ وہ اپنے آپ سے کشتی لڑ رہا تھا کہ اسے ادی پہلوان یاد آگیا۔

"ادی پہلوان نے اس رکشے والے کو، جس سے ایک لالا چند پیسوں پر جھگڑا کر رہا تھا، کس شان سے ایک بڑا نوٹ دیا تھا۔"، "کیوں جھگڑ رہا ہے بے۔ یہ لے۔ یہ عزت دار لوگ کیا دیں گے۔ انہیں تو غریبوں کو دیتے ہوئے شرم آتی ہے۔ بے عزتی ہوتی ہے ان کی۔ دینے کے لیے ادی کا دل چاہیے۔"، "سچ ہی کہا تھا ادی نے۔ دینے کے لیے ادی کا دل چاہیے۔ علاقے کے بد معاش ادی کا۔۔۔"

اڈی پہلوان نے راجا ہریش چندر کو اٹھا کر زمین پر پٹخ دیا تھا۔ چاروں خانے چت۔ اس نے گھبرا کر اپنے چاروں طرف دیکھا۔ سامنے سے کچھ لوگ آ رہے تھے۔

"ارے یہ تو وہی لڑکی ہے۔۔۔"

لڑکی نے اسے فقیر کے قریب کھڑا دیکھا تو مسکرا دی۔

"یہ کیوں مسکرا رہی ہے۔ کیا اسے معلوم ہے کہ میں فقیر کو اتنے پیسے۔۔۔ کیا میں شکل سے احمق معلوم ہوتا ہوں؟"

آرٹسٹ نے نہ چاہتے ہوئے بھی مسکرانے کی کوشش کی، پھر بھنویں سکوڑیں اور بولا، "نہ جانے انڈیا سے یہ بھک منگے کب ختم ہوں گے۔"

اب اس کانوینٹیئن لڑکی کے رومال کی خوشبو آرٹسٹ کے جسم میں اتر گئی تھی۔ اس نے اپنی مٹھی کے سارے نوٹ جیب میں رکھے اور ایک سکہ نکال کر بوڑھے فقیر کے ہاتھ پر اس طرح ڈال دیا جیسے سکہ نہ ڈالا ہو بلکہ تھوک دیا ہو۔ فقیر کا ہاتھ سکے کے بوجھ سے کپکپانے لگا۔۔۔

"بابو تیرا بھلا ہو۔۔۔"

اس نے دیکھا کہ لڑکی کے ڈیڈی اب بھی اس کی طرف دیکھ کر مسکرا رہے ہیں۔ وہ اس طرح چونکا جیسے ابھی کچھ اور کہنا باقی ہے اور بول پڑا،

"صاحب یہ لوگ کیسا ڈھونگ رچائے رہتے ہیں۔۔۔"

اور یہ کہتا ہوا تیز تیز قدموں سے آگے بڑھ گیا۔۔۔

کچھ دور جانے کے بعد اس نے مڑ کر دیکھا۔ وہ دونوں شخص، جنہوں نے اس کی پورٹریٹ خریدی تھی، بوڑھے فقیر کے وجود سے بے خبر، ہنستے ہوئے اس کے سامنے سے گزر رہے تھے اور بوڑھا ہاتھ پھیلائے بھیک مانگ رہا تھا،

"بابو کچھ دیتا جا۔۔۔"

***

آدھی سیڑھیاں

سعیدہ بیگم اپنے کمرے سے نکل کر دہرے دالان سے ہوتے ہوئے احمد کے کمرے میں داخل ہوئیں۔

"اٹھ گئے بیٹے؟"

"جی امی جان۔۔۔"

احمد آنکھیں ملتا ہوا بستر سے اتر کر کھڑا ہو گیا۔

"آفتابے میں گرم پانی رکھ دیا ہے، جاؤ منہ دھولو۔"

احمد نے منہ دھولیا تو سعیدہ بیگم ناشتہ لے کر اس کے کمرے میں آ گئیں۔

"اب شادی میں صرف ایک مہینہ باقی ہے اور تم نے روپیوں کا ابھی تک کوئی انتظام نہیں کیا۔ مہمانوں کو دعوت نامے بھی پہنچنے ہیں۔ ایک مہینہ پہلے سے تو مہمان داری جڑنا ہی چاہیے۔"

احمد روغنی روٹی کا نوالہ چباتے ہوئے بولا۔

"امی جان، اب وہ زمانہ نہیں رہا۔ اب کسی کے پاس اتنا وقت کہاں ہے جو مہینوں پہلے سے شرکت کرے۔ جنہیں بلانا ہو گا ہفتہ بھر پہلے دعوت نامے بھیج دیں گے۔ خاص خاص رشتے داروں کو تو بلانا ہی ہے۔ بھیڑ جمع کرنے سے کیا فائدہ۔"

سعیدہ بیگم نے دیکھا کہ رکابی میں خاگینہ اسی طرح رکھا ہوا ہے اور وہ روکھے لقمے

نگل رہا ہے۔

"ٹھیک ہے بیٹے جیسی تمہاری مرضی۔"

احمد نے ناشتے کے بعد سلفچی میں ہاتھ دھوئے اور صدر دروازے سے نکلتا ہوا لالا دیوی سرن کی بیٹھک کی جانب مڑ گیا۔ لالا چبوترے پر ہی دھوپ میں پلنگ ڈالے بیٹھے تھے۔

"آؤ احمد میاں۔۔۔ کیسے تکلیف کی؟"

احمد چارپائی کے برابر رکھے مونڈھے پر بیٹھ گیا۔

"بہت دنوں سے آپ کے درشن نہیں ہوئے تھے۔ پڑھائی لکھائی کے چکر میں علی گڑھ سے آنا ہی نہیں ہوتا۔ سوچا اب آیا ہوں تو آپ سے مل آؤں اور پھر نیوتا جو دینا تھا۔"

"کاہے کا نیوتا احمد میاں۔۔۔"

لالا جی کا ہاتھ پیٹ پر رینگنے لگا۔

"وہ بات یہ ہے کہ میں۔۔۔ میرا مطلب ہے امی جان نے رشتہ پکا کر دیا ہے۔ ایک مہینے بعد کی تاریخ طے ہو گئی ہے۔"

"مگر رشتہ تو میاں اپنے سامنے ہی پکا کر گئے تھے۔ روشن نگر والے میاں کی بیٹی کے ساتھ۔"

"وہ بات یہ ہے کہ۔۔۔"

احمد سے کوئی جواب نہ بن پڑا۔

"اچھا تو وہاں سے رشتہ ٹوٹ گیا۔۔۔"

لالا دیوی سرن نے ٹوٹنے پر اس طرح زور دیا جیسے یہ تو ٹوٹنا ہی تھا۔

"ویسے اب کہاں ہوا ہے رشتہ؟"

احمد کا جی چاہا کہ کوئی جواب نہ دے مگر اس نے الفاظ ڈھکیلے۔

"علی گڑھ میں ہی ایک لڑکی ہے۔"

"تمہارے سنگ پڑھتی ہوگی۔"

"جی۔"

مجرم کی طرح احمد نے گردن جھکالی۔

"احمد میاں جب سے تم علی گڑھ گئے ہو، تمہارا بستی سے کوئی ناتا ہی نہیں رہا۔ کتنی پڑھائی اور ہے؟"

"بس ریسرچ۔۔۔ یعنی کچھ لکھنا ہے بس ایک کتاب۔"

"وہ تو ٹھیک ہے مگر یہاں۔۔۔ تم نے کھیتی باڑی بھی نوکروں کے اوپر چھوڑ رکھی ہے اور اب تو شادی بھی علی گڑھ میں ہی۔۔۔"

وہ سر نیچا کیے خاموش بیٹھا تھا۔

"بیاہ کی تیاری تو سب ہے نا؟"

"ہاں تیاری تو ہو رہی ہے۔"

احمد نے آہستہ سے کہا۔ لالا دیوی سرن نے گھاگ نظروں سے اسے دیکھا اور سب کچھ سمجھ گئے۔

اچھا تم کل صبح نو بجے آجانا۔"

صبح اٹھ کر جب وہ ڈیوڑھی کے صدر دروازے سے باہر نکلا تو دیکھا کہ دو بچے دھوپ میں کنچے کھیل رہے ہیں۔ احمد اونچے چبوترے پر کھڑا چھوٹی چھوٹی کانچ کی ان گولیوں کو دیکھتا رہا جنہیں بچے انگلیوں سے ادھر ادھر لڑھکا رہے تھے۔ ہری گولیوں والا بچہ جیت رہا

تھا۔ بچے نے جب سے ہری گولیاں نکال کر اطمینان سے زمین پر پھیلا دیں اور جیتی ہوئی لال گولیوں کو چاک کی جیب میں رکھ لیا۔ احمد نے سامنے دیکھا، دور تالاب کے اس پار اس کے اپنے ہرے ہرے کھیت لہلہا رہے تھے۔ اس نے آنکھیں بند کر لیں اور جب کھولیں تو محسوس ہوا کہ صدیاں بیت گئی ہیں۔ اب بازی پلٹ گئی تھی۔ زمین پر بکھری ہری گولیاں غائب تھیں اور لال گولیاں چاروں طرف پھیلی ہوئی تھیں۔ سورج کی کرنیں زمین پر اتر آئی تھیں اور کانچ کی لال گولیوں پر اس طرح پڑ رہی تھیں کہ اس کے کھیت اب سرخ نظر آ رہے تھے۔ احمد نے گھڑی دیکھی، نو بجنے ہی والے تھے۔ وہ لالا دیوی سرن کی گدی پر پہنچا دیکھا کہ لالا اپنا لال بہی کھاتا لیے کچھ لوگوں کے بیچ بیٹھے حساب کتاب میں مشغول ہیں۔

"آداب عرض لالا جی۔۔۔"

"آداب عرض احمد میاں۔ کیسے آنا ہوا؟"

"جی۔۔۔؟"

احمد بوکھلا گیا۔

"ارے ہاں۔۔۔ آؤ آؤ بیٹھو۔ اچھا کندن لال جی کل آنا کام ہو جائے گا اور بھیا نند نا تم بھی اپنے گاؤں جاؤ فکر مت کرو اور تم یہ لو۔۔۔"

سب لوگ لالا جی کو نمستے کرتے ہوئے بیٹھک سے اٹھ کر چلے گئے اور جو بیٹھے رہ گئے وہ جیسے آدمی نہ ہوں سامان کی گٹھریاں رکھی ہوں۔۔۔ لالا دیوی سرن نے احمد کی طرف کھسکتے ہوئے آہستہ سے پوچھا

"تمھیں روپیوں کی ضرورت ہے نا؟"

وہ خاموش بیٹھا رہا۔ دراصل لالا دیوی سرن کا سوال ہی احمد کا جواب تھا۔

"دیکھو کنور صاحب، سرکار نے کچھ ایسے قانون بنا دیے ہیں کہ بغیر کوئی چیز رکھے بیان پر روپیہ دیتے ڈر لگتا ہے۔ اب تو بیاج کا کام ختم ہوتا ہی لگے ہے۔ پیٹ پالنے کے لیے کچھ نہ کچھ تو کرنا ہی پڑے گا۔ سوچ رہا ہوں بھینسیں پال کر دودھ کا کام شروع کر دوں۔"

لالا دیوی سرن بولتے رہے۔

"شادی کے بعد ماتا جی کو تو اپنے ساتھ ہی لے جاؤ گے، ڈیوڑھی خالی ہو جائے گی، زنان خانہ تو ٹوٹ ہی گیا ہے بس ڈیوڑھی کا حصہ بچا ہے، اگر اسے بیچ دو تو میں اس میں بھینسیں پالنے کا بندوبست کر لوں۔ میرا بھی کام نکل جائے گا اور تمہاری شادی بھی۔۔۔"

احمد کی آنکھیں پھیل گئیں۔ کچھ حیرت سے، کچھ قصداً تاکہ آنسو خشک ہو جائیں اور ٹپکنے نہ پائیں۔ رنگ برنگے دائرے بننے مٹنے لگے اور نظروں میں بچپن کی دھندلی تصویریں ابھر آئیں۔

'ابا حضور دالان میں بیٹھے فرشی حقہ پی رہے ہیں۔ دھوئیں میں شامل خمیرے کی فضا معطر ہے۔ وہ امی جان کے ہاتھ کی کڑھی سچے گوٹے کی کناری والی گول ریشمی ٹوپی پہنے آنگن میں کھیل رہا ہے۔ دھوپ میں جہازی پلنگوں پر ابا حضور کی اچکنیں، گرم شیروانیاں اور امی جان کے کمخواب اور پوتھ کے غرارے پھیلے ہوئے ہیں۔ اسے پشمینے کی شالوں اور کشمیری نمدوں میں بسی کافور کی مہک بہت اچھی لگتی ہے۔ وہ ابا حضور کی آنکھ بچا کر کپڑوں سے کھیلنا شروع کر دیتا ہے۔ ریاضو گود میں اٹھانے کی کوشش کرتا ہے تو وہ بری طرح مچلنے لگتا ہے۔ پائیں باغ میں رحیا بیلے اور ہار سنگار کے پھول چن رہا ہے۔ امی جان ہاتھ میں آب پاش لیے شہتوت کے پیڑ میں پانی لگا رہی ہیں۔ یہ پیڑ دادا جان نے اپنے ہاتھ سے لگایا تھا۔ اس کے شہتوت بہت میٹھے ہیں۔ جب بھی اترتے ہیں تو امی جان غفور خاں کے ہاتھ روشن نگر ضرور بھیجتی ہیں۔'

"کیا سورہے ہو احمد میاں؟"

لالا دیوی سرن نے اسے چونکا دیا۔

"لالا جی، میں ڈیوڑھی تو نہیں بیچ سکتا۔"

احمد نے دوٹوک جواب دیا اور سوچنے لگا کہ ایک تو پہلے ہی بہت کچھ بک چکا ہے۔ ڈیوڑھی کے علاوہ بمبے کے سہارے والی اسی پچاسی بیگھے زمین ہی تو بچی ہے۔ اگر ڈیوڑھی بھی بک گئی تو بستی میں جو کچھ عزت ہے وہ بھی خاک میں مل جائے گی۔ پھر لالا سے مخاطب ہو کر بولا۔

"آپ اگر سود پر روپیہ نہیں دے سکتے تو دس پانچ بیگھے زمین خرید لیجیے۔

"نہیں احمد۔۔۔"

میاں شاید دل میں کہا ہو مگر زبان سے صرف احمد ہی نکلا اور احمد کے بعد تھوڑا وقفہ دیا پھر بولے۔

"میرے پرکھوں نے بھی کھیتی نہیں کی۔ میں زمین کا کیا کروں گا اور وہ بھی صرف دس پانچ بیگھے۔ اب اتنی سی زمین کے لیے نوکر رکھوں، جوارا بناؤں اور پھر بیل باندھنے کو ایک گھیر۔۔۔ ایک دو بیگھے زمین تو اسی میں گھر جائے گی، پھر بچی ہی کتنی۔۔۔"

تھوڑی دیر دونوں خاموش رہے پھر لالا دیوی سرن کچھ سوچتے ہوئے بولے۔

"ہاں اگر سو ڈیڑھ سو بیگھے زمین ہو تو اس میں کچھ روپیہ لگایا بھی جائے۔ مجھے زمین کا بیوپار تو کرنا نہیں ہے کہ تم سے اونے پونے داموں میں خرید کر کسی اور کو بیچ دوں۔"

"لالا جی امی جان نے آپ ہی کے بھروسے تاریخ طے کی تھی۔۔۔"

"تو پھر ساری زمین بیچ دو۔ میں خرید لوں گا۔ تمہیں کون سی کھیتی باڑی کرنی ہے۔ پڑھ لکھ کر تو نوکری ہی کرو گے۔"

لالا دیوی سرن احمد کا چہرہ پڑھنے لگے۔ پھر خاموش بیٹھے لوگوں کی طرف دیکھا اور الماری سے پوتھی نکال کر پٹ اس طرح بند کیے جیسے احمد کو باہر نکال کر دروازہ بند کر لیا ہو۔ احمد نے محسوس کیا کہ وہ سامان کی گٹھری بن گیا ہے۔

اس نے پہلو بدلا تو لالا نے اس پر اچٹتی سی نظر ڈالی اور بولے۔

"یا پھر کسی کسان سے بات کر لو۔ کوئی نہ کوئی مل ہی جائے گا۔

احمد کہاں گھر گھر جا کر زمین بیچنے کی بات کرتا گھومتا۔ اس نے دو چار لوگوں سے بات کی بھی مگر ان کے لیے اتنی جلدی روپیوں کا انتظام کرنا مشکل تھا۔ جن کے پاس روپیے تھے وہ اس کی ضرورت کا فائدہ اٹھا کر کوڑیوں کے دام خریدنا چاہتے تھے۔ شادی کے دن قریب آتے جا رہے تھے اور ابھی تک پاندان کی چھالیوں بھر کا انتظام بھی نہ ہو پایا تھا۔ بدنامی کے خوف سے تاریخ بھی نہیں بڑھائی جا سکتی تھی۔

مغرب کی اذان ہوئے کافی دیر ہو گئی تھی۔ بمبے والے کھیت اندھیرے میں ڈوب گئے تھے، مگر وہ ڈیوڑھی کی بالائی منزل پر کھڑا اپنے کھیتوں کو گھورے جا رہا تھا۔ زینے سے اتر کر جب اس نے سعیدہ بیگم کے کمرے میں جھانکا تو وہ دعا کے بعد جانماز لپیٹ رہی تھیں۔ جب وہ پلنگ پر تسبیح لے کر بیٹھیں تو احمد بھی کمرے میں داخل ہو گیا۔ سعیدہ بیگم نے بیٹھنے کا اشارہ کیا اور وہ پلنگ کی پٹی پر بیٹھ گیا۔

"وہ ایسا ہے امی جان۔۔۔"

"کیا ہے بیٹے؟"

"کچھ نہیں، آج سردی بہت ہے۔"

"کیا بتو کی اماں نے تمہارے پلنگ کے نیچے بھوبھل کا کونڈا نہیں رکھا؟"

انھوں نے کچھ اس انداز سے باہر جھانکا جیسے بتو کی اماں کو پکارنے والی ہوں۔

"بھو بھل تو رکھ دی ہے مگر سوچا کچھ دیر آپ کے پاس ہی بیٹھ لوں۔"

"ہاں بیٹے۔۔۔ تمہارا یہاں دل بھی تو نہیں لگتا ہو گا۔ بچپن میں ہی تو شہر چلے گئے تھے۔ کبھی ایک دو روز کے لیے آتے ہو، دل لگے بھی کیسے۔"

"نہیں امی جان یہ بات نہیں ہے، دراصل آپ سے ایک بات کرنی تھی۔"

"ہاں کہو۔۔۔"

سعیدہ بیگم نے تسبیح تکیے کے نیچے رکھتے ہوئے کہا۔

"بات تو کوئی خاص نہیں ہے۔ بس یوں ہی اپنے فیوچر۔۔۔ میرا مطلب ہے مستقبل کے بارے میں سوچ رہا تھا۔ پڑھائی سال ڈیڑھ سال میں ختم ہو جائے گی۔ آج کل نوکریاں تو ملتی نہیں ہیں اور پڑھائی لکھائی کے بعد یہاں آکر کھیتی باڑی کرنا۔۔۔ کھیتی باڑی بھی کوئی کیا کرے، حکومت نے سیلنگ کا ایسا چکر چلایا ہے کہ پتا نہیں یہ زمین بھی رہے یا نہیں۔ میں نے سوچا ہے۔۔۔"

احمد کہتے کہتے رک گیا۔

"کیا سوچا ہے؟"

سعیدہ بیگم نے پوچھا۔

ہمیں اب کھیتی کے بھروسے نہیں رہنا چاہیے۔ آمدنی کا کوئی اور ذریعہ۔۔۔"

"بات تو ٹھیک ہے، مگر اور کیا ہو سکتا ہے؟"

سعیدہ بیگم غور سے سننے کے لیے تھوڑا آگے کھسک آئیں۔

"آج کل شہروں میں مکانوں کے کرائے بہت ہیں، اگر کچھ مکان بنوا دیے جائیں تو ماہانہ آمدنی خاصی ہو جائے گی اور پھر رہنے کو بھی ایک مکان ہو جائے گا، کرائے کے مکان میں تو۔۔۔ آپ کا بھی یہاں اکیلے دل گھبراتا ہو گا، وہیں ساتھ رہیں گے۔ آپ کا دل بھی

لگا رہے گا۔"

احمد ایک لمحے کے لیے خاموش ہوا تو سعیدہ بیگم نے چھت کی طرف دیکھا۔ ایک جنگلی کبوتر شہتیر کے کنڈے میں جھول رہا تھا۔ معلوم نہیں کیا ہوا کہ اپنے پر پھلانے لگا اور پھر کنڈے کے دائرے سے نکل کر پر پھڑپھڑاتا ہوا دیوار سے جا ٹکرایا۔ نیچے فرش پر گرنے ہی والا تھا کہ سنبھلا اور روشن دان کی طرف اڑا۔ روشن دان کا شیشہ ٹوٹ چکا تھا، کبوتر تیزی سے نکلا اور باہر تاریکی میں گم ہو گیا۔ سعیدہ بیگم نے احمد کے چہرے کو غور سے دیکھا۔

"لیکن بیٹے، اس کے لیے پیسا بھی تو چاہیے۔"

"امی جان نوکروں کی کھیتی میں بچتا ہی کیا ہے اور اس وقت لالا دیوی سرن ہماری زمین کے دام بھی اچھے لگا رہے ہیں۔ آئندہ معلوم نہیں کیسا موقع ہو، اگر آپ کی اجازت ہو۔۔۔"

سعیدہ بیگم کی آنکھ سے آنسو گرا اور لحاف کی روئی میں جذب ہو گیا۔ وہ گہری سانس لیتے ہوئے بولیں۔

"اس بچی کھچی زمین کو کیوں بیچتے ہو۔ تمہارا یہاں سے بالکل اکھڑنا ٹھیک نہیں ہے۔ ایسے کبھی کبھار آ بھی جاتے ہو۔ پڑی رہنے دو اسے اپنے ابا حضور کی نشانی سمجھ کر۔"

"لیکن امی جان، شادی کے لیے روپیوں کا انتظام بھی تو نہیں ہو پایا ہے۔ لالا نے سود پر دینے سے صاف انکار کر دیا ہے۔ میں نے چاہا دس پانچ بیگھے زمین بیچ دوں مگر کوئی گاہک نہیں ملا۔ لالا تیار ہیں مگر کہتے ہیں، ساری زمین بیچو تو خرید بھی لوں۔۔۔"

"کوئی اور صورت نکل سکتی ہو تو اچھا ہے بیٹے۔"

"بس ایک ہی طریقہ ہے کہ چار پانچ معمولی سے جوڑے ہو جائیں اور ابا حضور کے

جو بٹن ہیں۔۔۔"

سعیدہ بیگم نے جلدی سے احمد کی بات کاٹ دی۔

"نہیں احمد، ہمیں برات لے کر دوسرے کی دہلیز پر جانا ہے۔ اپنی نہیں تو اپنے ابا حضور کی عزت کا تو خیال کرو، اگر شادی دھوم دھام سے نہیں ہوئی تو بستی والے کیا کہیں گے۔"

"مگر اب روپیوں کا تو کہیں سے انتظام نہیں ہو سکتا۔"

"کچھ بھی ہو بیٹے، زمین بیچنا ٹھیک نہیں ہے۔"

سعیدہ بیگم نے لیٹتے ہوئے کہا۔

احمد اپنے کمرے میں جلتی ہوئی لالٹین کی لَو کبھی تیز کرتا تو کبھی کم۔ جب لو اتنی کم ہو جاتی کہ لالٹین کے بجھ جانے کا گمان ہونے لگتا تو وہ ہڑبڑا کر اس کی لو تیز کر دیتا کہ چمنی چیخ جانے کا خوف اس کے جسم میں تیر جاتا۔ چمنی اتنی سیاہ ہو چکی تھی کہ شیشے کی قید سے باہر نکلنا اب روشنی کے بس میں نہیں تھا۔

"آنکھیں بند کر لینا اور سو جانا ہی بہتر ہے۔" اس نے سوچا۔

وہ بستر پر لیٹ تو گیا مگر نیند لالا دیوی سرن کی چوکھٹ پر کھڑی رہی اور اس کی آنکھیں رات بھر چھت کی کڑیاں گنتی رہیں۔

سعیدہ بیگم کو کچھ بتائے بغیر سب طے ہو گیا۔ لالا دیوی سرن نے آدھی رقم دے کر کاغذ کرا لیا اور باقی روپیے بیع نامے کے وقت دینے کا وعدہ کر لیا۔ احمد نے جب سعیدہ بیگم کے ہاتھ میں روپیے لا کر دیے تو ان کے ہاتھ کانپ گئے۔ احمد کے چہرے کا جائزہ لیا، پھر بولیں۔

"کیا تم نے زمین بیچ دی۔۔۔؟"

"اس کے علاوہ کوئی راستہ نہیں تھا۔"

"تو کیا یہ ڈیوڑھی بھی بیچ دوگے؟"

سعیدہ بیگم کی بوڑھی نظریں ڈیوڑھی کی دیواروں پر رینگنے لگیں۔

"نہیں امی جان، عید بقر عید تو ہم یہیں کریں گے۔"

احمد نے اپنی دانست میں سعیدہ بیگم کو مطمئن کر دیا۔

شادی کی تیاریاں شروع ہو گئیں۔ ہار، بندے، بالیاں، جھمکے، بازوبند، نتھ، جھومر، چوڑی اور کنگن، سبھی زیورات خریدے گئے۔ ریشم کے کسی کپڑے پر زری تو کسی پر زردوزی کا کام شروع ہو گیا۔ سینے پرونے میں ماہر محلے بھر کی لڑکیاں اپنی انگلیوں کے کرتب دکھانے لگیں۔ تلے دانیاں نکل آئیں، دالان میں کہیں سلمے تو کہیں ستارے اور کہیں کلابتو بکھرے نظر آنے لگے۔ مسالوں کی کُٹائی کے لیے ہاون دستے نکل آئے۔ تانبے کے نقشیں خاص دان، گلاب پاش، پاندان، حسن دان، بادیے اور طبق قلعی گر کی دکان پر پہنچ گئے اور تاکید کر دی گئی کہ قلعی کا سب سے قیمتی کشتہ استعمال کیا جائے۔ دیواروں، دروں، طاقوں اور محرابوں کی مرمت ہوئی اور پوری ڈیوڑھی کی پُتائی کے بعد شامیانے اور قناتیں لگا کر چھت میں قندیلیں لٹکا دی گئیں اور مہمانوں کے بیٹھنے کے لیے جگہ جگہ تخت بچھا دیے گئے۔ سعیدہ بیگم کی خواہش کے مطابق احمد میاں کی برات میں بستی کے ہندو مسلمان سبھی نے شرکت کی۔ صبا دلہن بن کر آئی تو خوشی میں رات بھر آتش بازی چھوٹتی رہی۔ ولیمے کی دعوت میں قرب وجوار کے گاؤں والوں کو بھی بلایا گیا اور پھر ڈیوڑھی شہر کے ایک چھوٹے سے کرائے کے مکان میں منتقل ہو گئی۔ بڑا سا غسل خانہ سمٹ کر باتھ روم بن گیا۔ قدمچوں کا رنگ سفید پڑ گیا۔ چولھے سے گیس نکلنے لگی اور کمروں کی چھتیں اتنی نیچی کھسک آئیں کہ سعیدہ بیگم کا دم گھٹنے لگا۔ اس دن سعیدہ بیگم کو سخت

کوفت ہوئی جب ان کا پیتل کا کٹورا انگریزی نسل کے پالتو کتے نے چاٹ لیا اور مانجنے کے لیے ان کے گھر میں تو کیا پڑوس میں بھی راکھ نہ مل پائی۔ سردیاں گزر گئیں۔ نہ سقاوہ، نہ تیتڑا، نہ آتش دان، نہ انگیٹھی، سعیدہ بیگم کے ہاتھ کوئلے کی آنچ کو ترستے ہی رہے۔ ہاں دن میں کئی کئی بار چائے پینے کو ملتی رہی۔

"تم لوگ کتنی چائے پیتے ہو؟ چائے پیتے میری تو زبان موٹی ہو گئی ہے۔"

آخر ایک دن سعیدہ بیگم نے ٹوک ہی دیا۔

"اور یہ جو تم نے نوکر رکھا ہے بلا کا سست، دوپہر کا کھانا شام ہونے کو آتی ہے تب جا کے پکا پاتا ہے۔ کچھ کہو تو بڑبڑانا شروع۔ کیا یہاں نوکر کم ملتے ہیں؟

"یہی بہت مشکل سے ملا ہے۔"

احمد نے کہا اور سعیدہ بیگم کی نظروں میں ریاضو، رحیما اور غفور خاں کے سعادت مند چہرے گھومنے لگے۔

"مجھ سے تمہارا یہ چولھا جلانا نہیں آتا ورنہ میں ہی پکا دیا کرتی اور یہ جو سیٹی والا دیگچہ ہے، اس میں کھانا بھلے ہی جلدی پکتا ہو مگر ہوتا بالکل بے مزہ ہے۔ میں نے تو ایک وقت بھی پیٹ بھر نہیں کھایا۔"

احمد مسکرانے لگا، سنبھل کر بیٹھا اور سمجھانے کے انداز میں بولا۔

"امی جان اس میں پکا ہوا کھانا بہت مفید ہوتا ہے۔ چونکہ اس کی بھاپ نکلنے نہیں پاتی، اس لیے سارے وٹامن، مطلب ساری طاقت اندر رہتی ہے۔"

"تو بیٹے تمہارے خیال میں کھوئے میں تو بالکل طاقت نہیں ہوتی ہوگی۔"

الغرض احمد کا کوئی جواب سعیدہ بیگم کو مطمئن نہ کر سکا۔ سرہانے رکھی پان کی پٹاری اٹھائی، پان لگایا، منہ میں رکھا، تھوڑی دیر چبایا اور پھر پلنگ کے نیچے جھانک کر دیکھا، وہاں

پیکدان نہیں تھا۔ وہ اٹھیں اور بر آمدے میں لگے واش بیسن کی طرف چل دیں۔

دونوں وقت مل رہے ہیں۔ روشنی پوری طرح ختم نہیں ہوئی اور اندھیرا پاؤں پسارنے لگا۔ سعیدہ بیگم چھوٹے سے لان کے ایک کونے میں بید کے اسٹول پر تنہا بیٹھی گھنٹوں سے گزرے زمانے کی مالا گوندھ رہی ہیں۔ کیاری میں منی پلانٹ کی بیل باؤنڈری کے سہارے اوپر چڑھ رہی ہے۔ کیاری سوکھ چکی ہے۔ احمد اور صبا کو فرصت ہی کہاں ہے اور سعیدہ بیگم پانی لگائیں تو کس پودے میں؟ مولسری ہے، نہ چنبیلی اور نہ شہتوت۔ کچھ کانٹے دار پودے ہیں تو کچھ کو گملے میں قید کرکے بونا بنا دیا گیا ہے۔ کسی میں پانی زیادہ لگتا ہے، کسی میں کم اور کسی میں بالکل نہیں۔ اب اس عمر میں اجنبی پودوں سے کہاں تک مانوس ہوا جائے۔ سعیدہ بیگم نے ایک نگاہ چھوٹے سے فلیٹ کی دیواروں پر ڈالی۔ نگاہوں میں ڈیوڑھی کا صدر دروازہ گھوم گیا۔ ان کی پالکی اندر داخل ہو رہی ہے۔ انھوں نے سچے کام کے بھاری دوپٹے کے گھونگھٹ سے جھانکا۔ محلے بھر کی کنواری لڑکیوں نے چاروں طرف سے گھیر رکھا ہے۔ وہ اسی طرح مہینوں تک دلہن بنی بیٹھی رہی تھیں۔ اماں بیگم نے سال بھر تک کسی کام سے ہاتھ نہیں لگانے دیا تھا۔ جب انھوں نے پہلی بار کھیر کی ہنڈیا میں ڈوئی چلائی تو اس پر نیاز دے کر اماں بیگم نے اسے پورے محلے میں تقسیم کیا تھا۔ پریشر کوکر کی سیٹی نے انھیں چونکا دیا۔ احمد اور صبا کی شادی کو کچھ ہی ہفتے گزرے تھے اور صبا کچن میں کھانا پکا رہی تھی۔ وہ روزانہ سبزی گوشت پھل سبھی کچھ خود ہی خرید کر لاتی ہے۔ انھیں محسوس ہوا کہ صبا کا وجود ان کے چاروں طرف ہیولے کی شکل میں گردش کر رہا ہے اور ان کا اپنا وجود مٹتا جا رہا ہے۔ صبا کہاں جا رہی ہے؟ کون آ رہا ہے؟ کیوں آ رہا ہے؟ کس کے لیے چائے بن رہی ہے؟ کمرے میں احمد کے دوستوں کے درمیان صبا کن باتوں پر قہقہہ لگا رہی ہے؟ سعیدہ بیگم کو کسی بات کا علم نہیں تھا۔ آخر کار ایک دن انھوں

نے احمد کو بلایا اور سمجھانے لگیں۔

"بیٹے یہ تمہیں کیا ہو گیا ہے؟ ہمارے خاندان میں ایسا کبھی نہیں ہوا کہ بہو بازار۔۔۔"

اس پر وہ ہنس دیا اور سعیدہ بیگم کی سمجھ میں کچھ نہ آیا۔ وہ خود کو بہت چھوٹا محسوس کرنے لگیں۔ یہ گھر، یہ ماحول، اپنا بیٹا اپنی بہو سب کچھ پرایا سا لگنے لگا اور وہ اپنے بیٹے بہو سے بہت دور ہوتی چلی گئیں۔

ایک دن احمد نے صبا سے پوچھا۔

"تم سے کوئی بات ہوئی ہے امی جان کی؟ کچھ خاموش رہتی ہیں، بالکل گم سم سی۔"

"نہیں تو، مجھ سے تو کوئی بات نہیں ہوئی۔ میں نے ایک دن پوچھا بھی تھا، پہلے چپ رہیں پھر کچھ اس طرح جواب دیا کہ اس کے بعد کوئی بات پوچھنے کی میری ہمت نہیں ہوئی۔"

احمد سوچنے لگا۔

"معلوم نہیں امی جان کو کیا ہو گیا ہے۔ بالکل غیروں کی طرح برتاؤ کرتی ہیں۔ لگتا ہی نہیں کہ یہ وہی۔۔۔"

وقت گزرتا رہا۔ ریسرچ مکمل ہونے کے بعد اسے عارضی نوکری مل گئی۔ گرمیوں کی چھٹیاں ہوئیں تو اس نے سوچا کہ بیع نامہ ان ہی چھٹیوں میں کر دیا جائے تاکہ باقی روپیہ مل سکے۔ لہٰذا سب کا قصبے جانے کا پروگرام بن گیا۔ سعیدہ بیگم نے ڈیوڑھی میں پہنچ کر سب سے پہلے شہتوت کے پیڑ میں پانی لگایا۔ بتو کی اماں کو خبر ہوئی تو وہ آ گئیں۔ پوری ڈیوڑھی دھول مٹی سے اٹی پڑی تھی۔

باغیچہ سوکھ کر بنجر ہو گیا تھا۔ دیواروں اور چھتوں پر مکڑی کے جالے لگے ہوئے

تھے۔ بتو کی اماں محلے کے دو چار بچوں کو بلا لائیں۔ بدلو سقے کو خبر ہوئی تو مشک بھر کر لے آیا۔ کوڑا کرکٹ ایک طرف کر کے صحن میں چھڑکاؤ کر دیا گیا۔ بتو کی اماں سعیدہ بیگم کے کمرے کی صفائی میں جٹ پڑیں اور سعیدہ بیگم نے اپنی بہو کے کمرے کو جھاڑ پونچھ کر ٹھیک کر دیا۔ احمد بازار سے ضرورت بھر جنس لے آیا۔ سعیدہ بیگم نے پوری ڈیوڑھی کو سر پر اٹھالیا۔

"بتو کی اماں جلدی سے چاول بین لو۔ بہو کے لیے مزعفر بنانا ہے۔"

"کیا بیگم صاحبہ؟"

"ارے سب کچھ بھول گئیں۔ زردہ۔ اور کیا؟ اور دیکھو کباب کا قیمہ اچھی طرح پیسنا۔ کمبخت ہریا ابھی تک کھویا لے کر نہیں آیا۔ آج کل کے بچے اتنے کام چور ہیں کہ ذرا سے کام میں جان نکلتی ہے اور یہ نتھن تو کسی دین کا نہیں ہے، میوے منگائے تو سیلے ہوئے لے آیا۔ اب رحیما اور غفور خاں جیسے آدمی کہاں سے آئیں۔"

پھر انھیں کچھ یاد آیا اور چونک کر بولیں۔

"ارے ہاں، چائے کا پانی رکھنا تو میں بھول ہی گئی۔ بہو کو چائے پینے کی عادت ہے، بے چاری نے صبح سے نہیں پی۔"

سعیدہ بیگم بہو کے کمرے میں گئیں تو وہاں صبا کو محلے کی لڑکیاں گھیرے بیٹھی تھیں۔

"یہ کیا۔۔۔ اب تم گھر جاؤ۔ تھوڑی دیر تو بہو کو آرام کرنے دو۔ کل آ جانا۔ بہو کے ہاتھ سے کھیر پکے گی۔ سمجھیں۔۔۔"

انھوں نے سب لڑکیوں کو رخصت کر کے بہو کو مسہری پر لٹایا اور کمرے کی دونوں کھڑکیاں کھول دیں۔

احمد نے لالا دیوی سرن کے نام بیع نامہ کر کے بقایا وصول کر لیا۔ دیوڑھی کی تجوری اپنے پرانے انداز میں کھلنے اور بند ہونے لگی، شہتوت کے مرجھائے پتے سرسبز ہو گئے کہ اچانک سعیدہ بیگم کو معلوم ہوا، چھٹیاں گزر گئی ہیں۔ انھیں لگا کہ ابھی تو ایک لمحہ بھی نہیں گزرا اور۔۔۔

"امی جان کل جانا ہے۔ آپ کی تیاری تو سب ہے نا؟ صبح ذرا جلدی چل دیں گے۔۔۔" احمد یہ کہتا ہوا اپنی مچھر دانی میں جا کر سو گیا۔

رات آدھی سے زیادہ ہو چکی تھی۔ احمد نے کروٹ لی۔ ایک آہٹ سی ہوئی، آہٹ ڈیوڑھی کے دالان میں ہوئی تھی۔ آنکھیں کھولیں تو دیکھا سعیدہ بیگم ہاتھ میں تسبیح لیے ادھر سے ادھر ٹہل رہی ہیں۔ "امی جان ابھی تک نہیں سوئیں۔۔۔؟"

اس نے سوچا۔ اٹھنا چاہا مگر اٹھا نہیں، بس چپ چاپ لیٹا انھیں دیکھتا رہا۔ دالان کی محراب میں لالٹین لٹک رہی تھی جو ہوا کے جھونکے سے ہلنے لگی تھی۔ سعیدہ بیگم کا سایہ کبھی طویل ہو کر دبے پاؤں ڈیوڑھی کی دیواروں پر چڑھنے لگتا اور کبھی سمٹ کر ان کے قدموں میں دم توڑ دیتا۔ وہ آہستہ آہستہ چلتے ہوئے صحن کو پار کر کے باغیچے میں لگے شہتوت کے قریب پہنچیں، پانی سے بھری بالٹی اٹھائی اور شہتوت کے پیڑ میں انڈیل دی۔ وہاں سے لوٹ کر صدر دروازے تک آئیں۔ نقش و نگار والے برسوں پرانے موٹے کواڑ چھوئے، پھر دالان میں لٹکی لالٹین اتار کر زینے کی طرف مڑیں اور سیڑھیاں چڑھنے لگیں مگر آدھی سیڑھیوں تک ہی پہنچی ہوں گی کہ جانے کیا سوچ کر واپس اتر آئیں۔۔۔!

***

بندوق

شیخ سلیم الدین عشاء کی نماز کے بعد حویلی کے دالان میں بیٹھے حقہ پی رہے تھے۔ ان کا بیٹا غلام حیدر بھی مونڈھا کھینچ کران کے پاس ہی آن بیٹھا۔ "ابا حضوران دنوں فضا ٹھیک نہیں ہے۔ اطلاع ملی ہے کہ بازار میں کچھ مشکوک چہرے آپ کا تعاقب کرتے ہیں۔ وہ قصبے سے باہر کے لوگ ہیں۔ تیج پال سے آپ کے بارے میں پوچھ گچھ کر رہے تھے۔"

شیخ سلیم اسی طرح حقہ پیتے رہے، جیسے کچھ سنا ہی نہ ہو۔

"عشاء کی نماز گھر ہی پڑھ لیا کیجیے۔۔۔"

اس فقرے پر عام حالات میں وہ برس پڑتے لیکن آج خاموش بیٹھے رہے۔ تھوڑے توقف کے بعد صرف اتنا کہا۔

"صدر دروازہ بند کرلو۔"

یہ کہہ کر شیخ صاحب اٹھے، حقے کی چلم الٹی اور اپنے بستر پر جا کر لیٹ گئے۔

شیخ سلیم الدین کے مزاج اور اخلاق سے قصبے کے ہی نہیں قرب وجوار کے لوگ بے حد متاثر تھے۔ معزز گھرانا تھا۔ چھوٹا بڑا ہر شخص ان کا احترام کرتا تھا۔ وہ سبھی کے دکھ درد میں شریک رہتے۔ کسی کو خبر بھی نہ ہوتی اور حاجت مندوں کی ضروریات پوری ہو جاتیں۔ وہ لوگوں کی طرح طرح سے مدد کرتے۔ غریب لڑکیوں کی شادیاں کرواتے،

کاروبار شروع کروانے کے لیے پیسوں کا انتظام کرتے، بچوں کی پڑھائی کے لیے وظیفے دیتے، غرض یہ کہ انسانوں کے کام آنے میں انھیں ایک خاص قسم کی لذّت کا احساس ہوتا۔ قصبے میں دوسرے بااثر گھرانے بھی تھے۔ کنور ماجد علی خاں۔۔۔ کیا دبدبہ تھا۔ مرزا اکبر علی خاں۔۔۔ بات بات پر بندوق نکال لیتے۔ ڈاکٹر ابراہیم۔۔۔ پڑھے لکھے تھے، مطب تو چلتا نہیں تھا مگر قصبے کی سیاست میں اچھا خاصہ دخل تھا۔ یہ سب نعمتیں تو شیخ صاحب کو میسر تھیں نہیں، ہاں ایک چیز تھی جس سے دوسرے لوگ محروم تھے اور وہ تھی قصبے کے سبھی لوگوں کی محبت۔ یہی وجہ تھی کہ ہر وقت ان کی بیٹھک میں لوگ جمع رہتے۔ رمضان کے مہینے میں روزانہ دس بیس آدمی ان کے ساتھ افطار میں شریک ہوتے۔ کچھ لوگ تو جگانے کے بہانے آکر سحری بھی ساتھ ہی کرتے۔ مندر میں کتھا ہو یا ہنومان اکھاڑے میں دنگل، چندہ وصول کرنے پنڈت ہر پرشاد سب سے پہلے ان کی چوکی پر پہنچتے۔ ان کا خیال تھا کہ ابتداء شیخ صاحب سے ہو تو چندہ زیادہ ملتا ہے۔ رام لیلا کے لیے گھر کے سارے تخت، جازم اور فرش پورے دس دن کے لیے بڑے مندر پہنچا دیے جاتے۔ کیا ہندو، کیا مسلمان سبھی ان پر جان دیتے تھے اور آج ان کا اپنا خون کہہ رہا ہے کہ لوگ ان کی جان لینا چاہتے ہیں۔ پہلی بار جب غلام حیدر نے یہ بات کہی تھی تو وہ چونک پڑے تھے لیکن فوراً ہی سنبھل گئے۔ اب تو جیسے وہ سنتے ہی نہیں۔ کئی روز سے غلام حیدر سمجھانے کی کوشش کر رہا ہے:

"ابا حضور بندوق خرید لیجیے۔"

"کیوں؟"

"بستی میں سبھی کے پاس ہے۔ کنور ماجد علی خاں تو آج کل بغیر ضرورت ہی بازار میں بندوق لیے گھومتے ہیں تاکہ لوگ دیکھ لیں کہ ان کے پاس۔۔۔"

"اور مرزا صاحب۔۔۔؟

وہ اب روزانہ شکار پر جانے لگے ہیں۔ ڈکٹر ابراہیم نے سید انوار حسین کو بھی لائسنس دلوادیا ہے۔"

"ہوں۔۔۔" شیخ سلیم الدین نے لمبی سانس لی، شاید وہ غلام حیدر کی گفتگو کا سلسلہ منقطع کرنا چاہتے تھے مگر وہ اسی طرح بولتا رہا۔

"مکرم یار خاں اپنے کھلیان پر خود جاکر سو جاتے ہیں اور ساتھ میں بندوق والے دو پہرے دار بھی ہوتے ہیں۔ ہر شخص وقت کے مزاج کو سمجھ رہا ہے، بس ایک آپ ہیں کہ۔۔۔"

"غلام حیدر، میرے پاس بھی بندوق ہے۔" انھوں نے تلخ لہجے میں کہا۔

"آپ کے پاس؟"

"تم نے ابھی تک نہیں دیکھی؟"

"حیرت ہے!"

"حیرت تو مجھے تم پر ہو رہی ہے۔"

"لیکن آپ نے آج تک کبھی چلائی نہیں۔ آپ تو بندوق پکڑنا بھی۔۔۔"

"خیر چھوڑو اس بحث کو۔۔۔"

اور دونوں خاموش ہو گئے۔ کئی دنوں تک اس موضوع پر گفتگو نہیں ہوئی۔ لیکن جب پورے علاقے میں دنگا پھیل گیا تو شیخ سلیم الدین کا قصبہ نظام پور بھی اس کی زد میں آئے بغیر نہ رہ سکا۔ حویلی کے صدر دروازے کے موٹے موٹے کواڑوں میں تالا ڈال دیا گیا۔ شیخ سلیم الدین کی زندگی میں پہلی بار حویلی کا صدر دروازہ دن میں بند ہوا تھا۔ غلام حیدر نے خبر دی کہ "ہمارے سب لوگ بستی چھوڑ کر جا رہے ہیں۔ کنور ماجد علی خاں کی

کوٹھی جلا دی گئی ہے۔ مرزا اکبر علی خاں کو ان ہی کی بندوق سے ہلاک کر دیا گیا ہے اور۔۔۔اور سارا قصبہ خالی ہو گیا ہے۔"

شیخ سلیم الدین نے بہت مشکل سے اپنے جھکے ہوئے سر کو اوپر اٹھایا اور خالی خالی نظروں سے غلام حیدر کا چہرہ گھورنے لگے "اب کیا ہو گا ابا حضور؟ ہمارا تو کوئی سہارا نہیں۔ نہ کوئی عزیز ہے اور نہ رشتے دار۔ پورے محلے میں ہمارا اکیلا گھر ہے۔ آپ ہیں کہ۔۔۔ کہتے ہیں، تم نے دیکھی نہیں۔۔۔

غلام حیدر مستقل بولے جا رہا تھا اور شیخ سلیم بالکل خاموش تھے۔ یہ خاموشی کسی گہرے اطمینان کا نتیجہ نہیں تھی بلکہ آج ان کے چہرے پر پریشانی کے آثار صاف طور پر نمایاں تھے۔ پہلی بار ان کے داہنے ہاتھ کی شہادت کی انگلی میں جنبش ہوئی تھی۔

اندھیرا ہوتا جا رہا تھا، سناٹے نے خاموشی کے گولے داغنے شروع کر دیے تھے اور پوری حویلی خوف وہراس کی دبیز چادر میں سہمی سمٹی آسمان پر نظریں گڑائے شیخ سلیم الدین کو کوس رہی تھی کہ اچانک پھاٹک پر زوردار دھماکہ ہوا۔ شیخ صاحب اچھل پڑے۔ غلام حیدر نے گھر کی عورتوں اور بچوں کو محفوظ کمرے میں بند کر دیا اور خود زینے پر چڑھ کر پیچھے کے راستے گھر والوں کو نکال لے جانے کی راہ تلاش کرنے لگا۔

"مگر جائیں گے کہاں؟ جن کے یہاں جا سکتے تھے، وہ سب تو مارے گئے یا کوچ کر گئے۔"

"غلام حیدر۔۔۔ غلام حیدر۔۔۔" شیخ صاحب نے اپنے بیٹے کو اتنی دھیمی آواز میں پکارا کہ غلام حیدر تو کیا سنتا، خود شیخ صاحب بھی اپنی آواز نہ سن سکے۔ لیکن تعجب کی بات تو یہ ہے کہ خاصے فاصلے پر ہونے کے باوجود غلام حیدر نے اپنے بوڑھے والد کی آواز سن لی اور قریب آکر بولا "آہستہ بولیے ابا حضور۔۔۔ حویلی کے پچھواڑے کچھ لوگ جمع

ہیں۔" گہری سانس لی اور پھر بڑبڑانے لگا۔ "لگتا ہے صبح ہوتے ہوتے ہم سب اسی حویلی میں دفن کر دیے جائیں گے۔ بچنے کی کوئی تدبیر نہیں۔"

"کوئی تدبیر نہیں تو پھر صدر دروازہ کھول دو"

"ضرور کھول دیتا اگر اس وقت گھر میں بندوق ہوتی۔ کوئی آپ کی طرح بھی زندگی گزارتا ہے؟ اتنی بڑی جائید اد اور۔۔۔"

"اچھا حبس بہت ہے، عورتوں اور بچوں کو جس کمرے میں بند کیا ہے کم سے کم وہ تو کھول دو۔"

ایک اور دھماکہ ہوا، جیسے لکھیا اینٹوں سے بنی حویلی کی برسوں پرانی دیوار گرادی گئی ہو۔ سب کے دل دھک سے رہ گئے۔ عورتیں منھ پر دوپٹے رکھ کر کانپنے لگیں اور گھٹی گھٹی وحشت ناک آوازیں نکالنے لگیں۔ شیخ سلیم الدین نے محسوس کیا کہ عورتوں والے کمرے اور حویلی کے باہر سے آنے والی آوازوں میں بڑی حد تک مناسبت ہے۔ دیر تک یہ پراسرار آوازیں آتی رہیں۔ انھوں نے اندازہ لگایا کہ جس تیزی سے دیوار گرنے، دروازے ٹوٹنے اور زمین کھودنے کی آوازیں آرہی ہیں، اس حساب سے تو اب تک ہم سب قتل کر کے دفن بھی کر دیے گئے ہوتے مگر۔۔۔

انھوں نے خود کو ٹٹولا، غلام حیدر کو دیکھا، عورتوں کی آوازیں سنیں اور گہری سانس لے کر بولے۔ "اللہ حفاظت کرنے والا ہے۔ اب تو صبح ہونے ہی والی ہے۔ غلام حیدر، مؤذن کی کوئی خبر ملی؟"

"نہیں، کچھ پتا نہیں چلا۔"

"ایسا تو کبھی نہیں ہوا۔"

دونوں تھوڑی دیر خاموش بیٹھے رہے، پھر ایک منحوس آواز دونوں نے سنی۔ اس

سے پہلے ایسی آواز اپنی پوری زندگی میں انھوں نے کبھی نہیں سنی تھی۔ دل میں تیر کی طرح چبھنے والی آواز۔

"یہ کسی منحوس پرندے کی آواز۔" غلام حیدر نے کہا۔

"ہاں مجھے لگتا ہے تم ٹھیک کہتے ہو۔"

"وہ دیکھیے دیوار کی منڈیر پر۔"

"ہاں وہ بیٹھا ہے، مار دو۔" شیخ سلیم الدین نے بے ساختہ کہا۔

"مگر کیسے؟ کیا ہمارے پاس۔۔۔"

اور شیخ صاحب نے گہری سانس لی۔" کبھی سوچا بھی نہیں تھا اس حویلی کی دیوار پر ایک دن کوئی منحوس پرندہ بھی آبیٹھے گا۔"

پو پھٹنے لگی تھی، روشنی پھیلتی جارہی تھی مگر پرندہ دیوار پر بدستور بیٹھا رہا اور جب وہ صاف دکھائی دینے لگا تو شیخ سلیم الدین اور غلام حیدر نے ایک دوسرے کی طرف دیکھا اور نظریں جھکالیں۔ دراصل یہ ان کا پالتو کبوتر تھا جسے رات غلام حیدر بدحواسی میں دڑبے میں بند کرنا بھول گیا تھا۔ اب دھوپ کی کرنیں آنگن میں اتر آئی تھیں مگر صدر دروازے کا تالا ابھی تک کھلا نہیں تھا۔ جب دوپہر ہونے کو آئی تو غلام حیدر نے کہا۔

"آپ کہیں تو کوئی انتظام کروں؟ ضروری سامان کے ساتھ ہم لوگ دوپہر میں ہی نکل چلتے ہیں۔ اس طرح اور راتیں گذارنے کی اب ہمت نہیں۔"

شیخ سلیم الدین خاموش رہے مگر غلام حیدر نے سنا کہ وہ کہہ رہے ہیں۔

"ہاں جلدی سے کوئی انتظام کرلو۔"

سورج ڈوب رہا تھا۔ سامنے ہزاروں نکیلے پنجوں والا اوبڑ کھابڑ اور ٹیڑھا ترچھا بھیانک راستہ زمین کے سینے سے چمٹا پڑا تھا۔ غلام حیدر نے خود کو تسلی دی۔

"خدا کا لاکھ لاکھ شکر ہے، خطرے سے باہر نکل آئے۔ کوئی اور سواری تو مل نہیں سکی، بھلا ہو رام رتن اونٹ گاڑی والے کا کہ اپنی شکرم دے دی۔ رات ہونے سے پہلے ہی نجیب گنج پہنچ جائیں گے۔ نواب صاحب کی گڑھی بہت محفوظ ہے۔ صبح تک وہیں قیام کریں گے۔ اس کے۔"

"اس کے بعد۔۔۔؟" اور دونوں خاموش ہو گئے۔ شیخ سلیم الدین نے گاڑی پر رکھے سامان سے ٹیک لگائی ہی تھی کہ غلام حیدر کی نظر داہنی طرف آتی بھیڑ پر پڑی اور وہ سہم گیا۔

"ابا حضور۔۔۔"

"ہاں۔"

"وہ دیکھیے۔"

"ہاں کچھ دھواں سا اٹھ رہا ہے۔ شاید کسی کے کھلیان میں آگ لگی ہے۔"

"نہیں ابا حضور بھیڑ ہماری طرف بڑھ رہی ہے۔ لگتا ہے ہماری بستی کے ہی لوگ ہیں۔ نالا پار کر کے آئے ہیں، اسی لیے اتنی جلدی۔۔۔"

"آہستہ بولو۔ عورتیں گھبرا جائیں گی۔"

"لیکن وہ لوگ بہت قریب آچکے ہیں۔" یہ کہہ کر غلام حیدر نے لوہے کی ایک لمبی چھڑ سامان سے کھینچ کر ہاتھ میں تھام لی۔ بیگم صاحبہ نے جب یہ دیکھا تو نہ وہ چیخیں اور نہ گھبرائیں بلکہ اطمینان کے ساتھ کھسک کر شیخ صاحب کے قریب آگئیں۔ بس اتنا کہا۔

"میں کبھی کچھ نہیں بولی مگر آج۔۔۔"

شیخ سلیم الدین نے بیگم صاحبہ کی طرف دیکھا اور ان کی حیرانی لمبے سکوت میں تبدیل ہو گئی۔

"آگر آپ نے غلام حیدر کی بات مانی ہوتی تو آج۔۔۔"

"ہاں ابا حضور، آج اگر ہمارے پاس بندوق ہوتی تو یہ لوگ۔۔۔"

"اطمینان رکھو۔"

"اب ابھی آپ یہ کہہ رہے ہیں، جبکہ ہماری جانیں ہی نہیں عزت بھی۔۔۔"

"نہیں غلام حیدر۔۔۔ بس اللہ کو یاد کرو۔"

یہ کہہ کر شیخ سلیم الدین کچھ وقفے کے لیے چپ ہو گئے، پھر کچھ سوچ کر بولے۔

"غلام حیدر شاید تم ٹھیک کہتے ہو۔"

دیکھتے ہی دیکھتے بھیڑ گاڑی کے چاروں طرف پھیل گئی۔ شیخ صاحب نے دیکھا کہ سامنے وکیل دیانند کچھ لوگوں کے ساتھ کھڑے ہیں۔

"ابا حضور وکیل صاحب بھی۔۔۔"

"یہ کیسے ہو گیا غلام حیدر۔ وکیل صاحب بھی ان کے ساتھ ہیں۔ ٹھیک طرح دیکھو وکیل صاحب ہی ہیں؟"

ٹھیک طرح دیکھنے کی ضرورت ہی نہیں پڑی کہ وکیل دیانند، سیٹھ دیوی سرن اور پنڈت ہر پرشاد نے شیخ صاحب کے دونوں بازو پکڑ کر گاڑی سے اتار لیا۔ غلام حیدر بھی والد کو بچانے کے لیے اترا کہ کچھ لوگوں نے اسے اپنے دائرے میں لے لیا اور ایک شخص نے اونٹ کی نکیل اپنے ہاتھ میں تھام لی۔ غلام حیدر نے دیکھا کہ اس کے والد قصبے کے معزز لوگوں کی گرفت میں بے بس اور شکستہ شخص کی مانند اس طرح کھڑے ہیں جیسے خود کو پورے طور پر وقت کے سپرد کر چکے ہوں۔ وکیل دیانند نے ان کے بازو چھوڑ دیے اور ہاتھ جوڑ کر کھڑے ہو گئے۔

"شیخ صاحب، یہ آپ کیا کر رہے ہیں؟"

سیٹھ دیوی سرن نے جھک کر ان کے گھٹنے پر ہاتھ رکھ دیا۔ "ہماری اور بستی کی عزت آپ کے چرنوں میں ہے۔"

پنڈت ہر پرشاد نے آہستہ سے کہا۔ "چلیے واپس۔۔۔ ہم آپ کو اس طرح نہیں جانے دیں گے۔"

شیخ سلیم الدین نے آنکھیں بند کر لیں۔

"ابا حضور۔"

چونک کر آنکھیں کھولیں۔ "غلام حیدر۔۔۔" وہ کچھ کہنا چاہتے تھے، لیکن زبان سے ایک لفظ بھی نہیں نکل سکا۔ غلام حیدر بھی خاموش تھا مگر اس کی آواز جنگلوں میں، صحراؤں میں، غاروں اور وادیوں میں، مسجدوں میں، مندروں میں اور کلیساؤں میں، نالے کے پار بستی کے اجڑے مکانوں میں اور اس کے والد شیخ سلیم الدین کے کانوں میں گونج رہی تھی۔ وہ خاموش تھا اور شیخ سلیم الدین سن رہے تھے۔

"ہاں ابا حضور میں نے دیکھ لیا۔ جسے بچپن سے اب تک نہیں دیکھا تھا اسے دیکھ لیا۔ آپ کی بندوق کو۔ جو ایسے وقت کام آئی، جس نے ایسے موقع پر جان بچائی، جب ساری بندوقیں اپنے مالکوں کو ہلاک کر رہی ہیں۔"

"غلام حیدر چلو۔" کسی نے آہستہ سے کہا۔ نکیل تھامے شخص نے رسی کھینچی، اونٹ کی گردن گھومی، شکرم کے اگلے پہیے مڑے اور غلام حیدر نے دیکھا کہ سامنے سیدھا اور ہموار راستہ زمین سے گلے مل رہا ہے۔

اور پھر سب لوگ اپنے قصبے نظام پور کی طرف چل پڑے!

***

لکیر

آج سورج غروب ہونے سے پہلے بادلوں بھرے آسمان پر عجب طرح کا رنگ چھا گیا تھا۔ یہ رنگ سرخ بھی تھا اور زرد بھی۔ ان دونوں رنگوں نے آسمان کو درمیان سے تقسیم کر دیا تھا۔ جس مقام پر دونوں رنگ مل رہے تھے، وہاں ایک گہری لکیر دکھائی دیتی تھی۔ دھیان سے دیکھنے پر محسوس ہوتا کہ لکیر کے آس پاس کچھ سفید سائے ابھر رہے ہیں۔ سفید سایوں میں جب حرکت ہوتی تو یہ رنگ اور بھی گہرا ہونے لگتا اور پوری فضا پر خوف وہراس طاری ہو جاتا۔ آج سے پہلے اس قصبے کے آسمان پر کبھی سفید سائے سرخ اور زرد رنگ بکھیرنے میں کامیاب نہیں ہو پائے تھے، مگر آج۔۔۔

اس خوفناک شام کی صبح ایسی نہیں تھی۔ ہاں اتنا ضرور تھا کہ سویرے سے ہی بادل چھائے ہوئے تھے مگر ابھی تک ابر کے چھوٹے چھوٹے ٹکڑوں میں کسی سائے نے نواس نہیں کیا تھا۔ سائے جو بظاہر سفید تھے مگر باطن میں سیاہی چھپائے پچھم کی جانب سے ابھر کر دھیرے دھیرے آکاش کے پوربی حصے پر پاؤں جمانے لگے تھے۔ سفید سایوں کے آکاش پر چھانے سے پہلے، بادلوں کے ٹکڑے آپس میں کھیلواڑ کرتے کرتے ایک دوسرے میں مدغم ہو جانے کی کوشش بالکل اس طرح کر رہے تھے جیسے بستی کے ہندو مسلمان، پنڈت برج کشور کے انتہائی جتن کے بعد، بھید بھاؤ کی لکیروں کو پھلانگ کر، ایک دوسرے میں سماتے جا رہے ہوں۔

بھادوں لگے سات دن گزر گئے ہیں، کل کرشنا اشٹمی ہے۔ لہٰذا شام ہی سے مندر کو سجایا جا رہا تھا۔ مندر کے بیچ والے کمرے میں چمکیلے رنگین کپڑوں میں لپٹے جھولے پر پڑے چھوٹے سے کھٹولے میں رکھی کرشن بھگوان کی مورتی کو بڑی عقیدت سے سجایا گیا تھا۔ رات بارہ بجے کرشن بھگوان کا جنم ہوگا، اس کی خبر علاقے کے ہندو مسلمان سبھی کو تھی۔ اس بار حمید بڑی بے چینی سے جنم اشٹمی کا انتظار کر رہا تھا۔ حمید، فقیر محمد کا لڑکا تھا اور مسجد کے مکتب سے بھاگ کر اپنے پڑوسی پنڈت برج کشور کی پاٹھ شالا میں پڑھنے بیٹھ گیا تھا۔ پنڈت برج کشور بھی اسے سبھی بچوں سے زیادہ پیار کرتے تھے اور کنہیّا کہہ کر پکارتے تھے۔ جنم اشٹمی کے انتظار میں اس کے اندر بہت سے خواب کرشن بن کر جنم لے رہے تھے اور وہ ان کو خیالوں کے ہنڈولے میں بٹھا کر جھولا جھلا رہا تھا۔

"نہیں حمید اتنے لمبے پینگ نہیں۔۔۔" اس روز کسم نے کہا تھا اور پھر حمید نے جھونٹے دینے بند کر دیے تھے۔ کسم پنڈت برج کشور کی لاڈلی بیٹی تھی۔ وہ نیم کی ڈال پر پڑے جھولے سے اتری تو حمید نے کرتے کے چاک کی جیب سے نبولیاں نکال کر اسے دے دیں۔ پکی نبولیاں کھانے کا اسے اتنا ہی شوق تھا جتنا حمید کو بانسری بجانے کا۔۔۔ بانسری کی آواز سن کر پنڈت برج کشور نے گھوم کر دیکھا۔ کسم پیتل کی گگری میں پانی بھر رہی تھی اور حمید آنکھیں بند کیے کنویں کے من پر بیٹھا بانسری بجا رہا تھا۔ پنڈت جی مسکراتے ہوئے اٹھے اور کنویں کے پاٹ پر پہنچ کر حمید کے سر پر ہاتھ رکھ دیا۔

"تو سچ مچ کنہیا ہے۔۔۔ بالکل کنہیا۔ اب کے جنم اشٹمی پر تجھے ہی کرشن بنا کر ڈولے پر بٹھاؤں گا۔"

حمید کو لگا کہ وہ کرشن بن کر ڈولے پر بیٹھا مرلی بجا رہا ہے۔ ڈولے کے چاروں طرف پنہارنیں، ماکھن والیاں اور جوگنیں گھیر اڈالے کھڑی ہیں۔ اس کی نظریں بھیڑ کو چیرتی

ہوئی کسم کو ڈھونڈ رہی ہیں۔ وہ غور سے دیکھتا ہے، بہت سی عورتیں دوپٹے اوڑھے اور ریشمی غرارے پہنے جازم پر بیٹھی میلاد پڑھ رہی تھیں۔ کسم اماں جان کے پاس ہی بیٹھی تھی۔ کئی عورتیں جب ایک ساتھ میلاد پڑھتی ہیں تو ساتھ ساتھ کسم کے ہونٹ بھی ہلتے نظر آتے ہیں۔ کسم کے ہونٹ ہل رہے ہیں، حمید کے ہونٹوں پر مرلی دھری ہے۔ مرلی بج رہی ہے یا کسم میلاد پڑھ رہی ہے؟ معلوم نہیں۔ ہاں ایک شور ہے۔ اس کے اندر اس کے باہر۔ بچوں کا شور۔ شاید چھٹی ہو گئی ہے۔ بچے شور مچاتے اپنے اپنے گھر جا رہے ہیں، وہ چونکا اور پنڈت برج کشور کے پیچھے پیچھے چل دیا۔ پنڈت جی مندر کے اس کمرے میں گئے جہاں کرشن بھگوان کی مورتی ہر وقت ہونٹوں پر مرلی دھرے رہتی ہے۔ حمید دروازے پر جا کر رک گیا اور مورتی کو گھورنے لگا۔ پنڈت جی نے جل چڑھایا آرتی اتاری اور پھر وہ آنکھیں بند کر کے پوجا کرنے لگے۔ حمید بھی پرارتھنا کر رہا تھا۔

"اللہ میاں جلدی سے جنم اشٹمی آئے اور میں مکٹ پہن کر کنہیا بنوں اور بانسری۔۔۔"

اس کا داہنا پاؤں بائیں پیر کو پار کر کے پنجے کے بل ٹک گیا۔ جی چاہا کہ مورتی والی بانسری لے کر اپنے ہونٹوں پر رکھ لے۔ اس کا دل بے چین تھا۔ کہیں سے گڑگڑاہٹ کی آواز آ رہی تھی۔ پھر اس نے ایک دن اوپر دیکھا تو آسمان پر بادل گرج رہے تھے۔ بارش کے آثار ہیں۔ آخر کنہیا جی کے لتے دھلنے ہیں، کل جنم اشٹمی ہے۔ حمید کی بے چینی دور ہوئی، آخر وہ دن آ ہی گیا جس کا اسے سال بھر سے انتظار تھا۔

اب رات ہو چکی تھی۔ اس کی آنکھوں کی نیند کرشن بھگوان کی مرلی کے سر بن کر بجنے لگی۔ مرلی بجتی رہی اور وہ کسم کے سنگ رات بھر مندر کے احاطے میں جمنا کی لہروں کی طرح اچھلتا کودتا رہا۔ مندر کی عمارت اور پاٹھ شالا کے علاوہ احاطے میں ایک دالان

بھی تھا، جس کی چھت بہت اونچی تھی۔ چار پہیوں کا رتھ نما ایک ڈولا جو لکڑی کا بنا تھا مگر پیتل کی نقشیں پتریں جڑی ہونے کی وجہ سے پیتل کا معلوم ہوتا تھا، اسی دالان کے ایک کونے میں رکھا تھا۔ حمید کھیلتے کھیلتے ڈولے کے بیچوں بیچ بنی کرسی پر جا بیٹھا۔ اسے لگا کہ یگ بیتتے جا رہے ہیں۔ وہ بڑھتا جا رہا ہے۔ اس کی انگلی پر ایک چکر ہے جو تیزی سے گھوم رہا ہے۔ اس کا وجود کائنات کے ذرّے ذرّے میں سماتا جا رہا ہے۔ آنکھیں کھلی ہیں۔ وہ سنسار کی ہر چیز کو دیکھ سکتا ہے۔ سورج کی شعاعوں کو، تاریک اور سیاہ راتوں کو۔ پھر دھیرے دھیرے رات اس کی آنکھوں میں اترنے لگی اور جب بیل گلے میں بندھے گھنگھرو بجاتے کھیتوں کی جانب چل دیے اور مندر کے گھنٹے اور مسجد کے موذن نے صبح کا اعلان کر دیا تو حمید پنڈت برج کشور کی گود میں جا کر سو گیا۔ حمید کا رات بھر گھر سے غائب رہنا، دو دو تین تین دن تک غائب رہنا، فقیر محمد کے لیے کوئی نئی بات نہیں تھی۔ رہس ہو، کرشن کتھا ہو یا راس لیلا، حمید گھر سے غائب۔ جنم اشٹمی پر بھی لوگ رات بھر مندر میں جمع رہتے، مندر کو سجایا سنوارا جاتا اور آدھی رات کو کرشن بھگوان کے جنم کی رسم ادا ہوتی۔ حمید بھی پچھلے کئی سال سے کُسم سے کھیلتے کھیلتے مندر میں ہی رہ جایا کرتا۔

رات کے دوسرے پہر کی رخصت اور تیسرے پہر کی آمد کا اعلان پنڈت برج کشور نے شنکھ بجا کر کیا۔ تھال میں سجا پرساد بھگوان کی مورتی کے سامنے رکھا تھا۔ پنڈت جی نے دیکھا کہ چاند آسمان پر پاؤں جما چکا ہے۔ کبھی کبھی بادلوں کے ٹکڑے گھونگھٹ بن کر چاند کے چہرے کو چھپا لیتے ہیں۔ چاند نکلنے کی کوشش کرتا ہے پھر چھپ جاتا ہے گویا ننھے کشن گوپیوں سے آنکھ مچولی کھیل رہے ہوں۔ مندر میں جمع لوگ کیرتن ختم کر کے برت کھولنے کے لیے جل سے بھرے پیتل کے لوٹے میں لونگ، بتاشے اور پھول ڈالتے ہیں اور پھر چاند کی طرف رخ کر کے دھرتی پر جل گراتے ہیں۔ جل دھرتی پر گر رہا

ہوتا ہے لیکن ان کی شر دھا سوکھے اور پنجر چاند کو سینچ رہی ہوتی ہے۔ حمید سب سے پہلے پرساد لینے کی کوشش میں بھیڑ کو چیر کر آگے بڑھ جاتا ہے۔ پنڈت جی اس کے چہرے پر چاند کی سی چمک دیکھتے ہیں اور اس کے ہاتھ پر پرساد رکھ دیتے ہیں۔ کسم اس کے برابر کھڑی ہے۔ وہ کسم کو اپنے حصے کا پرساد دے دیتا ہے اور وہ مٹھی بند کرکے آنکھیں موند لیتی ہے۔

'اماں جان نے بڑے پیار سے کسم کو میلاد کا تبرک دیا ہے۔ کسم دونوں ہاتھوں میں تبرک لیے آنکھیں موندے کھڑی ہے۔ حمید بھی اس کے برابر کھڑا ہے۔'

"کھاؤ کسم، پرساد کھاؤ، کنہیا جی کے جنم کا پرساد ہے۔"

وہ آنکھیں کھول کر حمید کی طرف دیکھتی ہے۔ حمید پھر کہتا ہے۔

"کھاؤ۔ جانتی ہو کل کیا ہوگا۔"

"ہاں۔۔۔" وہ کہتی ہے، "کنہیا جی کے ڈولے کا گشت ہوگا۔"

"کسم پتا ہے اس بار ڈولے پر کشن بن کر کون بیٹھے گا؟"

وہ حمید کی آنکھوں میں جھانکتی ہے اور جانے کیا سوچ کر ہنس پڑتی ہے۔۔۔ کسم کی ہنسی فضا میں تیرنے لگتی ہے اور پھر اس کے ننھے منے جگنو سے چمکتے قہقہے آسمان پر تارے بن کر ٹنک جاتے ہیں۔ بادلوں سے جھانکتے تارے دھیرے دھیرے اپنا وجود کھونے لگتے ہیں۔ صبح ہو جاتی ہے اور پھر حمید دیکھتا ہے کہ مندر کے احاطے میں قصبے کے بخشی جی، سیٹھ ڈونگر مل، وید جی اور دوسرے ذمے دار لوگ جمع ہیں۔ پنڈت جی ان کے درمیان گھرے بیٹھے ہیں۔ بخشی جی پوچھتے ہیں۔

"ہاں تو پنڈت جی کس بچے کو چنا ہے؟"

پنڈت برج کشور کی آنکھوں میں حمید کا سانولا چہرہ اور اس کی معصوم شرارتیں

رقص کرنے لگتی ہیں۔ وہ کہتے ہیں،

"کنہیاہی کرشن بنے گا۔"

لوگ تعجب سے ایک دوسرے کی شکل دیکھنے لگتے ہیں اور وید جی کے منہ سے نکلتا ہے،

"کیا؟ کنہیا"

پنڈت جی چونک پڑتے ہیں، "میرا مطلب ہے حمید۔۔۔"

"حمید۔۔۔!" بیک وقت کئی لوگوں کے منہ سے نکلتا ہے۔ ایک لمحے کے لیے خاموشی چھاجاتی ہے۔ یہ لمحہ صدیوں پر پھیل جاتا ہے۔ پھر ایک آواز اٹھتی ہے اور خاموشی ٹوٹ جاتی ہے۔

"لیکن لڑکا ہندو ہی ہونا چاہیے۔۔۔"

پنڈت برج کشور کچھ کہنا ہی چاہتے تھے کہ بخشی جی بول پڑے۔

"پنڈت جی ایسا کبھی نہیں ہوا کہ جنم اشٹمی پر کرشن کسی مسلمان بچے کو بنایا گیا ہو۔۔۔"

سیٹھ ڈونگر مل نے بھی کنکھارتے ہوئے کہا۔

"یہ تو ٹھیک ہے پنڈت جی کہ ہمیں بھید بھاؤ مٹا دینے چاہئیں مگر۔۔۔"

"مگر کیا سیٹھ جی؟" پنڈت برج کشور بولے، "پچھلے برس کا ناٹک اتنی جلدی بھول گئے۔ کرشن کا پارٹ کرنے پر ڈپٹی صاحب نے اسے انعام دیا تھا۔۔۔"

"ناٹک کی بات اور ہے پنڈت جی۔۔۔" سیٹھ ڈونگر مل کی کرخت آواز نے پنڈت جی کے ذہن کو جھنجھوڑ دیا، مگر انھوں نے اپنی بات اس طرح جاری رکھی جیسے کچھ سنا ہی نہ ہو۔ بولے، "اور پھر دسہرے پر جو رام لیلا منڈلی آئی تھی اس میں جس نے رام کا پارٹ

کھیلا تھا وہ بھی تو مسلمان ہی تھا۔ کیا تم سب نے اس کی آرتی نہیں اتاری تھی۔ کیا راج تلک والے دن سب نے اس کے چرن نہیں چھوئے تھے۔ کیا اس سمے تم نے اسے رام نہیں مانا تھا۔ ارے سیٹھ جی ہمارا دھرم تو کہتا ہے کہ چاہے پتھر ہو، چاہے مٹی۔ اب وہ جس روپ میں ہے وہی اس کا اصلی روپ ہے۔ حمید تو ابھی بالک ہے اور بالک پوتر ہوتا ہے۔ پھر کیوں اسے کرشن نہیں بنا سکتے۔ وہ تو کنہیا ہے۔۔۔ بالکل کنہیا۔۔" وہ پل بھر کو رکے، مستک پر پریم اور بھکتی کی لہریں ابھرنے لگیں، پھر منہ سے لاڈ بھرے یہ شبد نکل پڑے،

"وہ تو کنہیا ہے، ہمرا کنہیا۔۔۔"

کئی آوازیں ایک ساتھ ابھریں، "یہ ٹھیک نہیں ہے پنڈت جی۔ اگر آپ نہیں مانے تو ڈولا نہیں نکل پائے گا۔ ہم دیکھ لیں گے۔"

اور اسی وقت پنڈت برج کشور نے آسمان کی طرف دیکھا۔ کئی سفید سائے آکاش سے اتر کر بھیڑ میں شامل ہوتے نظر آرہے تھے۔

"پنڈت جی سب آپ کا سمان کرتے ہیں لیکن۔۔۔"

"لیکن حمید کرشن نہیں بنے گا۔ یہی نا۔۔؟ اس دفعہ پنڈت جی کا لہجہ سخت تھا۔ لیکن وہ فوراً ہی نرم ہو گئے اور بہت دیر تک لوگوں کو سمجھانے کی کوشش کرتے رہے۔ بالآخر کافی تکرار کے بعد انتخاب تو حمید کا ہی ہوا مگر کچھ لوگ مندر کے احاطے سے نکل کر چلے گئے۔

پنڈت جی نے دوپہر سے ہی حمید کو نہلا دھلا کر کرشن کے روپ میں سجانا شروع کر دیا تھا۔ پہلے پورے بدن پر ہلکا ہلکا نیل پوتا۔ مردار سنگ کو بھگو کر سل پر گھسا، پھر حمید کے چہرے پر اس کا لیپ کر دیا۔ چہرہ خشک ہونے لگا تو گلابی اور نیلا رنگ ملا کر رخساروں پر لگا دیا۔ کمر میں کاچھنی، گلے میں بیجنتی مال، سر پر کارچوبی مکٹ، ہاتھ میں بنسی اور گردن کی

بائیں جانب سے کمر کے داہنے حصے تک ایک چمکیلی چندری باندھ کر پنڈت جی نے اپنے کنہیا کو سچ مچ کا کرشن بھگوان بنا دیا۔ کرشن بھگوان نے ہونٹوں پر چاندی کی وہ مرلی رکھ لی جس میں چھ راگ چھتیس راگنیاں بجتی تھیں۔ پنڈت جی ہاتھ جوڑ کر ان کے آگے جھک گئے۔

"آؤ پیارے موہنا پلک ڈھانپ توہے لیوں"۔۔۔"آؤ۔۔۔"

اور پھر پیتل کی تھالی میں گھی کا دیا، پھول، بتاشے، چاول اور پسی ہوئی گیلی ہلدی رکھ کر کرشن بھگوان کی آرتی اتاری گئی۔ ماتھے پر ہلدی کا تلک لگا کر چاول کے دانے پر چپکا دیے اور کرشن بھگوان کو ڈولے کے بیچوں بیچ بنی کرسی پر بٹھا دیا گیا۔ یگ بیتنے لگے، شریر بڑھنے لگا، انگلی پر ایک چکر تھا جو تیزی سے گھوم رہا تھا۔ اب کرشن بھگوان کا وجود کائنات کے ذرے ذرے میں سماتا جا رہا تھا۔ آنکھیں کھلی تھیں۔ وہ سنسار کی ہر چیز کو دیکھ سکتے تھے۔ سورج کی شعاعوں کو تاریک اور سیاہ راتوں کو۔۔۔

رتھ کے پہیے گھومے، آگے باجا پیچھے کیرتن منڈلی اور چرنوں میں آرتی کی تھالی لیے پنڈت برج کشور۔۔۔ گشت شروع ہوا۔ شردھالو آرتی اتارتے، چڑھاوا چڑھاتے اور بھگوان کے پیر چھو کر ڈولے سے اتر جاتے۔ ڈولا جب گلیوں اور چوپالوں سے گشت کرتے ہوئے مسجد کے قریب پہنچا تو آسمان پر سورج بھی اپنا گشت پورا کر چکا تھا اور موذن مغرب کی اذان دینے کے لیے سقاوے پر کھڑا ڈولے کے گزر جانے کا انتظار کر رہا تھا۔ یاترا مسجد کے برابر آکر ٹھہر گئی۔ کیرتن منڈلی بلند آواز میں کیرت گا رہی تھی۔ بھگوان کے آگے دوزانو بیٹھ کر کسی نے آرتی گائی۔

"جے شری کرشن ہرے، پربھو جے شری کرشن ہرے
بھگتن کے دکھ سارے پل میں دور کرے
جے سری کرشن ہرے پربھو جے شری کرشن ہرے۔۔۔"

اور پھر اس نے پوری طاقت سے شنکھ بجا دیا۔ شنکھ کی آواز سن کر باجے والوں نے بھی باجے کی آوازیں تیز کر دیں۔ ان آوازوں کی کوکھ سے ایک بہت بھیانک آواز اسوقت اٹھی جب مسجد کی طرف سے آئے اینٹ کے ایک بڑے ٹکڑے نے کرشن بھگوان کے ماتھے پر خون کی لکیر کھینچ دی۔ بھگوان کے ماتھے سے جب خون کی بوند گری تو آرتی کے تھال میں جلتا دیا بجھ گیا۔ اینٹ کرشن بھگوان کے ماری گئی تھی، چوٹ حمید کے لگی تھی اور آرتی کا دیا بجھ گیا تھا موہنے کنہیا کے خون کی بوند سے۔۔۔ چاروں سمت بے ہنگم شور برپا ہوا۔ چیخ پکار توڑ پھوڑ اور جذبات سے بھری آوازوں نے مسلمانوں کے دروازوں کو گھیر لیا۔ مسجد کے دروازے پر بھی لوگ جمع ہونے لگے۔ پنڈت برج کشور بھیڑ کو چیرتے ہوئے دروازے تک پہنچے تو دیکھا ایک نوجوان مسجد کے دروازے کو کلہاڑی سے گودے چلا جا رہا ہے۔ پنڈت جی نے اس کے ہاتھ سے کلہاڑی چھین لی پھر ایک سمت سے "نعرہ تکبیر اللہ اکبر" کی آوازیں آئیں۔ پنڈت جی دوڑتے ہوئے وہاں پہنچے تو دیکھا کہ سیٹھ ڈونگر مل اور رامانند لوگوں کو سمجھانے کی کوشش کر رہے ہیں۔

"بھیا یہ کیا؟ یہ کیا بھیا۔ ہم سب۔۔۔ ہم سب بھائی ہیں۔ اسی دھرتی پر پیدا ہوئے ہیں اور اسی۔۔۔" پیچھے سے آواز آئی، "ہاں اور اسی دھرتی پر مریں گے بھی۔" اور اسی وقت سیٹھ ڈونگر مل اور رامانندی ہلاک کر دیے گئے۔ دونوں کے قتل کے بعد شور اور تیز ہو گیا تو پنڈت جی کلہاڑی پھینک کر بند اخاں کے دروازے کی طرف بھاگے، جہاں سے "جے بجرنگ بلی" کا نعرہ بلند ہوا تھا۔ وہ جب وہاں پہنچے تو دروازہ شعلے اگل رہا تھا اور اندر عورتوں اور بچوں کی آوازیں بلک رہی تھیں۔۔۔

پنڈت جی نے دیکھا کہ ہر شخص کی آنکھوں میں خوف اور حیرت کے سائے لرز رہے ہیں۔ ہر شخص کے چہرے پر ایک سوالیہ نشان تھا، "یہ کیسے ہو گیا؟ ایسا نہیں ہونا

چاہیے تھا۔" مگر پھر بھی سب کچھ ہو رہا تھا۔ نہ چاہتے ہوئے بھی سب کچھ ہو رہا تھا۔ آخر کیسے؟ وہ کون سی طاقت ہے جو نظر نہ آتے ہوئے بھی سب کچھ۔۔۔ اور اسی وقت پنڈت جی نے دیکھا کہ کچھ لوگ آسمان کی طرف دیکھ رہے ہیں۔ آسمان جو سب کے سروں پر تھا، اس آسمان پر عجب طرح کا رنگ چھا گیا تھا۔ یہ رنگ سرخ بھی اور زرد بھی۔ جس مقام پر دونوں رنگ مل رہے تھے وہاں ایک گہری لکیر دکھائی دیتی تھی۔ دھیان سے دیکھنے پر محسوس ہوتا کہ لکیر کے آس پاس باطن میں سیاہی چھپائے سفید سائے ابھر رہے ہیں اور پوری فضا پر خوف وہراس طاری ہو گیا ہے۔ اس سے پہلے قصبے کے آسمان پر سفید سائے کبھی سرخ اور زرد رنگ بکھیرنے میں کامیاب نہیں ہو پائے تھے مگر آج۔۔۔ مگر آج ان سایوں کو دیکھ کر کچھ لوگ کہہ رہے تھے کہ یہ بڑے بڑے گُرز لیے ہماری مدد کو تیار ہیں تو کچھ ان کے ہاتھوں میں ننگی شمشیریں دیکھ کر اپنے اندر بے پناہ قوت محسوس کر رہے تھے کہ اچانک یہ سائے آسمان سے اتر کر بھیڑ میں شامل ہو گئے۔ پنڈت برج کشور کی نظر ڈولے پر پڑی تو وہ لرز گئے اور بے تحاشا ڈولے کی طرف بھاگنے لگے۔ پنڈت جی نے دیکھا کہ ایک شخص نے ڈولے پر رکھا پھر سا اٹھا لیا ہے اور کرشن بھگوان اس کے آگے ہاتھ جوڑے ڈرے سہمے کھڑے ہیں۔ تیز دھار والا یہ پھر سا ہر سال ڈولے پر رکھا جاتا ہے اور گشت پورا ہونے پر کرشن بھگوان اسی پھرسے سے کنس کا ودھ کرتے ہیں۔

پنڈت برج کشور کے منہ سے کانپتی ہوئی آواز نکلی، "یہ کیا۔۔۔ یہ تو کرشن بھگوان ہیں۔۔۔ کنہیا۔۔۔ ہمرے کنہیا۔۔۔" ہر پرساد جس نے ابھی ابھی آرتی گائی تھی، بھرائی ہوئی آواز میں مسمسا اٹھا، "ناہیں۔۔۔ یہ حمید ہے فقیر محمد کا لڑکا۔" ایک ساتھ کئی آوازیں ابھریں۔۔۔ "ہاں یہ حمید ہے، ایک مسلمان کا لڑکا۔ ہمارے کرشن بھگوان کا اپمان کیا ہے انھوں نے۔ ڈولے پر اینٹ پھینکی۔۔۔ بھگوان کے ماتھے سے خون بہا۔

اوراب دروازے بند کر کے گھروں میں چھپ گئے ہیں۔"ڈولے پر کھڑا شخص پھرسا ہوا میں اٹھاتے ہوئے دہاڑا۔۔۔"ہم اس کا بدلہ لیں گے۔ہم آج اسے۔۔۔"

"نہیں۔"پنڈت برج کشور چیخے اوراس کے ہاتھ سے پھرسا چھیننے کی کوشش کرنے لگے۔ مگراس شخص نے پنڈت جی کو زور سے دھکا دے کر ڈولے سے نیچے ڈھکیل دیااور پھر حمید کے سر پر پھرسے کاایک بھرپور وار کر دیا۔

مکٹ، کاچھنی اور بیجنتی مال پہنے کرشن بھگوان ڈولے سے نیچے لڑھک پڑے اور دھرتی پرخون کی ایک لکیر بہت دور تک کھینچتی چلی گئی۔۔۔ کچھ لوگ لکیر کے اِدھر تھے اور کچھ ادھر۔ دونوں طرف شور تھا۔ یہ کہنا مشکل تھا کہ لکیر کے ادھر زیادہ شور ہے یاادھر۔۔۔!

***

نیم پلیٹ

"کیانام تھا اس کا؟ اف بالکل یاد نہیں آرہا ہے۔" کیدارناتھ نے اپنے اوپر سے لحاف ہٹا کر پھینک دیا اور اٹھ کر بیٹھ گئے۔

"یہ کیا ہو گیا ہے مجھے، ساری رات بیت گئی نیند ہی نہیں آرہی ہے۔ ہوگا کچھ نام وام، نہیں یاد آتا تو کیا کروں، لیکن نام تو یاد آنا ہی چاہیے۔ آخر وہ میری بیوی تھی، میری دھرم پتنی۔" انھوں نے پیشانی پر ہاتھ رکھا۔ پچھتر سالہ کیدارناتھ کے ماتھے کی بے شمار جھریاں بوڑھی ہتھیلی کے نیچے دب کر پھڑ پھڑانے لگیں۔

"سرلا کی ماں۔۔۔" ان کے منہ سے بے ساختہ نکل پڑا۔

"وہ تو ٹھیک ہے مگر کچھ نام بھی تو تھا اس کا۔ کیانام تھا؟ اس کے نام کا پہلا اکچھر۔۔۔ ہاں کچھ یاد آرہا ہے۔۔۔" انھوں نے پیر پلنگ کے نیچے لٹکا دیے اور وہ لائٹ آن کرنے کے لیے دیوار میں لگے سوئچ کی طرف بڑھے۔

"اس کے نام کا پہلا اکچھر۔۔۔" کے "نہیں نہیں۔ ہاں ہاں یاد آگیا۔"

ان کا جھریوں سے بھرا پوپلا منہ مسکرانے کے لیے تیار ہو ہی رہا تھا کہ کھانسی کا ایک ٹھسکا لگا اور پھر بھول گئے کہ وہ اکچھر کیا تھا۔

کمرے میں چاروں طرف روشنی پھیل چکی تھی۔

"ڈھائی بجنے کو ہیں۔" ان کی نظر ٹائم پیس پر پڑ گئی۔

"ٹائم پیس۔۔۔؟ ہاں۔۔۔ٹا۔۔۔ نہیں، پیس۔۔۔ "سا"

ارے ہاں۔۔۔

"سا" ہی تو تھا اس کے نام کا پہلا اکچھر۔"

"سا"؟ نہیں یہ تو سرلا کی ماں۔۔۔

"پھر سرلا کی ماں۔ آخر نام بھی تو کچھ تھا اس کا۔" کیدار ناتھ نے جھنجھلا کر سرہانے رکھی چھڑی کو اٹھایا، گلے میں کس کے مفلر لپیٹا اور بار بار چھڑی فرش پر پٹخنے لگے۔ پھر دونوں ہاتھوں میں چھڑی کو جکڑ کر اس طرح سر کے قریب لائے جیسے اس کے ہتھے سے اپنا سر پھوڑ ڈالنا چاہتے ہوں۔

"تعجب ہے اپنی بیوی کا نام بھول گیا! اسے مرے ہوئے بھی تو چالیس برس گزر گئے ہیں۔ تین سال کا عرصہ ہوتا ہی کتنا ہے۔ صرف تین سال ہی تو اس کے ساتھ رہ پایا تھا میں۔"

وہ خالی خالی نظروں سے کمرے کو گھور رہے ہیں۔ پلنگ ،میز، کرسی اورالماری، کتابیں۔۔۔ الماری کتابوں سے بھری پڑی ہوگی، الماری کے پٹ بند ہیں۔ وہ پلنگ کی جانب بڑھے اور پھر الماری کی طرف مڑ گئے۔ دروازہ کھولا الماری خالی تھی۔۔۔ نہ اس میں کتابیں تھیں اور نہ خانے۔ "ارے اس میں تو پچھلی دیوار بھی نہیں ہے۔"

وہ لرز گئے اور گھبرا کر ایک پاؤں اس کے اندر رکھ دیا پھر دوسرا پاؤں، اب وہ دروازے کے باہر کھڑے تھے۔ سب کچھ خالی تھا، ان کے ذہن کی طرح، وہ سمت بھول گئے تھے اور الماری کے بجائے باہر جانے والا دروازہ کھول بیٹھے تھے۔ باہر سڑک پر کہرا جما ہوا تھا۔ کھمبوں کے بلب مدھم دیوں کی طرح ٹمٹمارہے تھے۔ سنسان سڑک پر انھیں لگا کہ یکایک بھیڑ امنڈ آئی ہے۔ چاروں طرف شور ہو رہا ہے۔ باجے کے شور سے کان پھٹے جا

رہے ہیں۔ دور کہرے میں چھپی ہوئی ڈولی۔۔۔ سرخ جوڑا پہنے دلہن مسکرا رہی ہے۔

سڑک پر ایک پتھر کا ٹکڑا پڑا تھا، انھیں ٹھوکر لگی اور لڑکھڑا کر کھمبے سے جا ٹکرائے۔ بہت زور سے دھکا دیا تھا محلے بھر کی لڑکیوں نے اور پھر دروازہ بند۔

"کیا نام ہے تمہارا؟" نام معلوم ہوتے ہوئے بھی اس کا نام پوچھا تھا انھوں نے۔ وہ شرما گئی تھی اور گھٹنوں میں منہ چھپا لیا تھا۔ انھوں نے پھر پوچھا تو اس نے آہستہ سے اپنا نام بتایا۔

"کیا بتایا تھا اس نے؟ اُف بالکل یاد نہیں۔" اور وہ چھڑی زمین پر ٹیکتے ہوئے تیز تیز قدموں سے چل پڑے۔ انھیں کہاں جانا ہے؟ پتہ نہیں۔ پھر بھی وہ چلتے رہے اور اب اپنے گھر سے بہت دور نکل آئے تھے۔

یہ علاقہ کون سا ہے؟ کیلاش نگر؟ ہاں شاید وہی ہے۔ آگے دائیں طرف ان کے دوست شرما جی کی کوٹھی ہے۔ باہر گیٹ پر نیم پلیٹ لگی ہے۔ "ست پرکاش شرما۔" وہ ان کے دفتر کے ساتھی تھے۔ گزرے ہوئے کئی برس ہو گئے۔

اچانک کیدارناتھ ٹھٹھکے اور رک گئے۔ "ارے یہی تو ہے شرما جی کی کوٹھی، ہاں بالکل یہی ہے۔ وہاں لگی ہے ان کے نام کی پلیٹ۔" کیدارناتھ کو کہرے کی دھندلی فضا میں ایک تختی نظر آئی۔

"شرما۔۔۔" انھوں نے پڑھا۔ "رام پرکاش شرما۔"

"رام پرکاش۔۔۔؟ نہیں ان کا نام تو ست پرکاش تھا۔ پھر غور سے دیکھا۔

"رام پرکاش شرما (ایڈوکیٹ)۔" صاف صاف لکھا تھا۔

انھیں یاد آیا کہ ایک روز شرما جی نے کہا تھا۔ "میرا بیٹا رام پرکاش ایڈوکیٹ ہو گیا ہے۔

"اچھا تو اپنے باپ کے نام کی پلیٹ اکھاڑ کر۔۔۔" کھٹ سے کوئی چیز گری۔ انھیں لگا کہ ان کے ذہن سے کوئی چیز نکل کر قدموں میں آن گری ہے۔ وہ سہم گئے اور مجرم کی طرح گردن جھکالی۔ یہ کسی کے نام کی پلیٹ تھی۔ مگر ایک حرف بھی صاف نہیں۔ سب کچھ مٹ چکا ہے۔ ان کے جسم میں سنسناہٹ سی ہونے لگی۔ لاغر ٹانگیں جو ابھی کانپ رہی تھیں، پیاسے ہرن کی طرح کلانچیں مارنے کو بیتاب ہو اٹھیں۔

وہ بھاگ رہے ہیں۔ نہیں آہستہ آہستہ چل رہے ہیں۔ یا رینگ رہے ہیں یا پھر کھڑے ہی۔۔۔ یہ تو معلوم نہیں مگر اب وہ اپنے گھر سے کئی میل دور سرلا کے گھر کے بہت قریب آن پہنچے ہیں۔

سرلا سے اس کی ماں کا نام پوچھ ہی لیں گے۔

سرلا کو اپنی ماں کا نام یاد ہو گا؟ کیوں نہیں۔۔۔ کوئی ماں کا نام بھی بھولتا ہے کیا۔

"پاروتی دیوی۔۔۔" ان کی ماں کا نام پارتی دیوی تھا۔ انھیں پچھتر سال کی عمر میں بھی اپنی ماں کا نام یاد ہے۔

"پاروتی دیوی کی جے۔۔۔" بچپن میں وہ اپنے بابا کے ساتھ بیٹھے پوجا کر رہے تھے۔ "بابا۔۔۔ اماں کا نام بھی تو پاروتی دیوی ہے۔" "ہاں بیٹے یہی پاروتی دیوی ہیں جن کے نام پر تمہاری اماں کا نام رکھا گیا ہے۔" اور اس روز سے وہ آج تک روزانہ پاروتی دیوی کی پوجا کرتے ہیں اور جے بولتے ہیں۔ ماں تو بھگوان کا روپ ہوتی ہے، پھر بھلا سرلا کیسے اپنی ماں کا نام بھولی ہو گی۔ کیدار ناتھ کا دل اندر سے اتنا خوش ہو رہا تھا کہ ہاتھ پاؤں پھولنے لگے۔ رفتار میں دھیما پن آگیا مگر وہ اپنے بوڑھے جسم کو ڈھکیلتے ہوئے آگے بڑھتے چلے جا رہے تھے۔۔۔!!

"بابو جی آج اتنے سویرے آپ ادھر۔۔۔؟" سرلا نے کسی سوچ میں ڈوبے

کیدارناتھ کو چائے کی پیالی دیتے ہوئے پوچھا۔ بوڑھے آسمان کی گود سے نئے سورج کا گولا جھانک رہا ہے۔ کیدارناتھ کے پنجوں کی انگلیاں سرد ہو کر سن پڑ چکی ہیں، جیسے ان میں گوشت ہے ہی نہیں اور وہ اندر سے بالکل خالی، بالکل کھوکھلی ہو چکی ہیں، پرندے ان کے سر پر منڈلاتے سرلا کے مکان کے اوپر جا بیٹھتے ہیں اور وہ سرلا کے مکان کے باہر کھڑے کھڑے تھک چکے ہیں۔ "میں یہاں کھڑا ہوں۔ آتے جاتے لوگ دیکھ کر کیا سوچیں گے۔ اب تو دن چڑھے کافی دیر ہو گئی ہے۔ سرلا سو کر اٹھ گئی ہو گی۔ اندر چلنا چاہیے۔ لیکن کیا واقعی سرلا نے اب تک اپنی ماں کا نام یاد رکھا ہو گا؟ شرما جی کے بیٹے نے اپنے باپ کی نام کی پلیٹ اکھاڑ کر۔۔۔" کھٹ سے کوئی چیز گری، انھیں لگا کہ ان کے ذہن سے کوئی چیز نکل کر قدموں میں آن گری ہے۔ دھندلے دھندلے حروف ابھرنے لگے اور ان کی آنکھوں میں اندھیرا چھا گیا۔ اندھیری رات۔۔۔ کہرے سے بھری ہوئی سرد رات۔۔۔ بے شمار کتوں کے بھونکنے کی آوازیں، کئی آوارہ کتے ان کے پیچھے لگ گئے ہیں۔ وہ کتوں سے بچنے کے لیے ملٹن پارک میں گھس جاتے ہیں۔ ملٹن پارک؟ اب تو اس کا نام گاندھی پارک ہو گیا ہے۔ گاندھی پارک ہو یا ملٹن پارک، ہے تو یہ وہی پارک جہاں وہ شادی کے دو دن بعد اسے لے کر آئے تھے۔ پارک کی بارہ دری ٹوٹ کر کھنڈر بن گئی ہے۔ ٹوٹی ہوئی بارہ دری کے پتھروں کے نیچے سے ہوتی ہوئی ان کی نظریں چالیس برس پرانی بارہ دری میں گھس جاتی ہیں۔ "آؤ یہاں بیٹھو۔۔۔ کتنی خوبصورت ہیں یہ محرابیں۔" وہ دونوں سنگ مرمر کے ستون سے کمر ٹکا کر بیٹھ جاتے ہیں اور پھر وہ دنیا سے بے خبر بہت دیر تک اس کے پاس بیٹھے رہے۔ مہینوں۔۔۔ برسوں۔۔۔ کہ اچانک ان کی بیٹی سرلا نے انھیں چونکا دیا۔

"بابوجی آپ چپ کیوں ہیں؟ کیا سوچ رہے ہیں؟

"کچھ نہیں بیٹی۔ میں سوچ رہا تھا آج اتنے سویرے۔۔۔ اصل میں، میں نے سوچا جو گیندر کے دفتر جانے سے پہلے ہی پہنچ جاؤں تو اچھا ہے۔"

"بابو جی آج تو اتوار ہے۔"

"اوہ، ہاں آج تو اتوار ہے۔ کیا کروں بیٹی ریٹائر ہونے کے بعد دن تاریخ یاد ہی نہیں رہتے۔"

وہ دل ہی دل میں سوچنے لگے۔ "دن تاریخ کیا اب تو بہت کچھ یاد نہیں رہا۔"

اتنے میں جوگیندر بھی آنکھیں ملتے ہوئے آئے اور کیدارناتھ کو پرنام کر کے صوفے پر بیٹھ گئے۔

"بابو جی اتنے سویرے؟ سب ٹھیک ہے نا۔"

"میرے جلدی آنے پر یہ لوگ اتنا زور کیوں دے رہے ہیں۔ ضرور میرے اچانک آنے سے یہ سب ڈسٹرب ہوئے ہوں گے۔ مجھے چلے جانا چاہیے، ابھی۔۔۔" کیدارناتھ کو خاموش بیٹھا دیکھ کر سرلا بول پڑی۔ "ارے بابو جی تو بھول ہی گئے تھے کہ آج اتوار ہے اسی لیے تو اتنی جلدی۔۔۔"

"آج اتوار ہے اور میں اس طرح بغیر بتائے یہاں چلا آیا ہوں۔ ہو سکتا ہے ان دونوں کا کوئی پروگرام ہو۔ اب میری وجہ سے۔۔۔"

"ہفتے میں چھٹی کا ایک ہی دن تو ملتا ہے ان لوگوں کو۔ مگر میں بھی تو روز روز نہیں آتا، گھر سے چل پڑا تھا، بس چلتا رہا اور چلتے چلتے جب سرلا کے گھر کے قریب آگیا تو سوچا، ملتا چلوں، کیا یہ لوگ آج میرے لیے اپنے پروگرام نہیں چھوڑ سکتے؟"

کیدارناتھ کی آنکھوں میں آنسو چھلک آئے ہیں۔

"کمبخت بڑھاپے میں آنسو بھی کتنی جلدی نکل آتے ہیں۔" وہ آنسوؤں کو چھپانے

کی کوشش کر رہے تھے کہ سرلا نے ان کی آنکھوں میں جھانک کر دیکھا "یہ اس طرح کیا دیکھ رہی ہے؟ کہیں سب کچھ سمجھ تو نہیں گئی۔"

"کیا سمجھے گی؟ یہ کہ میں اپنی بیوی کا نام بھول گیا ہوں اور رات بھر جاگتا رہا ہوں یا یہ کہ میں رو رہا ہوں۔"

"بیٹی آج مجھے جوگیندر سے کچھ کام تھا۔۔۔"

"بابوجی مجھ سے؟" جوگیندر نے حیرت زدہ ہو کر پوچھا۔

"ہاں یوں ہی، کوئی خاص بات نہیں تھی۔۔۔" پھر وہ لان کی طرف جھانکنے لگے۔

"آج بہت سردی ہے۔ تمہارے لان میں تو سویرے ہی دھوپ آجاتی ہے۔" سرلا نے لان کی طرف دیکھتے ہوئے کہا:

"ہاں بابوجی، ابھی تو دھوپ میں تیزی بھی نہیں آئی اور اوس بھی بہت ہے، پورا لان گیلا۔۔۔"

وہ کہہ رہی تھی کہ جوگیندر بیچ میں بول پڑے۔

"بابوجی ابھی کچھ کام کے سلسلے میں آپ کہہ رہے تھے۔۔۔"

"کیا یہ لوگ چاہتے ہیں کہ میں جلدی سے کام بتا کر چلتا بنوں تاکہ ان کے پروگرام ڈسٹرب نہ ہوں۔" کیدارناتھ کھانسنے لگے اور کافی دیر تک کھانستے رہے۔ وہ کھانس رہے تھے اور سوچتے جا رہے تھے کہ اب کیا کہوں کہ بغیر سوچے سمجھے ہی بول پڑے۔۔۔

"بیٹے تمہیں نام یاد رہتے ہیں؟"

"کیسے نام بابوجی؟ ویسے میں ہمیشہ نام یاد رکھنے میں کمزور رہا ہوں، اسی لیے ہسٹری کے پرچے میں میرے نمبر بہت کم آتے تھے۔"

"اب کیا پوچھوں؟ کیا سرلا سے یہی سوال کروں؟ مگر یہ تو بڑی بے تکی بات ہو گی۔

اگر سرلا خود ہی بول پڑے کہ بابوجی مجھے نام یاد رہتے ہیں، تو جلدی سے پوچھ لوں کہ بتاؤ تمہاری ماں کا نام کیا تھا۔۔۔"

کیدارناتھ نے حسرت بھری نظروں سے سرلا کی طرف دیکھا لیکن وہ خاموش بیٹھی رہی اور پھر اٹھ کر کچن کی طرف چل دی۔۔۔

سورج چڑھے کافی دیر ہو چکی تھی۔ دھوپ میں بھی تیزی آتی جا رہی تھی۔ لان کی ہری گھاس پر جمے شبنم کے قطرے اپنا وجود کھو چکے تھے۔ کیدارناتھ نے اپنے جسم پر چڑھے گرم کپڑوں کو اس طرح ٹٹولا جیسے وہ ڈھونڈ رہے ہوں کہ کپڑوں کے اندر جسم ہے بھی یا نہیں۔

دوپہر کا کھانا تیار تھا۔ لیکن ابھی تک سرلا سے اس کی ماں کا نام پوچھنے کا موقع نہیں مل پایا تھا۔ سرلا صبح سے کھانا تیار کرنے میں لگی ہوئی تھی۔ کیدارناتھ باہر دھوپ میں جا کر بیٹھتے تو کبھی اندر آ کر برآمدے میں ٹہلنے لگتے۔ کبھی جوگیندر سے ادھر ادھر کی باتیں ہوتیں اور کبھی سرلا آتی تو اس موقع کی تلاش میں رہتے کہ ذرا جوگیندر اٹھ کر جائیں اور وہ اکیلے میں سرلا سے اس کی ماں کا نام پوچھ لیں۔

"اب دوپہر کے کھانے کا وقت ہو چکا ہے۔ کھانے پر بات میں بات نکلے گی، تب تو پوچھ ہی لوں گا۔" انھوں نے سوچا اور مطمئن ہو گئے۔

کھانے کی میز سج چکی ہے۔ سرلا نے کئی طرح کی سبزیاں بنائی ہیں۔۔۔ کھانا بہت لذیذ ہے۔ آج بہت دنوں بعد اپنی بیٹی کے ہاتھ کا کھانا ملا ہے۔ نوکر کے ہاتھ کا کھاتے کھاتے ان کا دل بھر گیا تھا۔ سرلا کی ماں کے ہاتھ کا ذائقہ تو اب انھیں یاد بھی نہیں۔ اس کا نام بھی تو یاد نہیں۔۔۔ ان کا جی چاہا کہ جلدی سے پوچھ لیں۔

"بیٹی تمہاری ماں کا کیا نام تھا۔"

"ارے یہ کیا۔ اگر اس طرح وہ کوئی سوال کریں گے تو یہ دونوں کیا سوچیں گے۔ دونوں قہقہہ مار کر ہنس پڑیں گے۔۔۔" کیدارناتھ خود پر قابو پانے کی کوشش کرنے لگے کہ کہیں بھول کر یہ سوال ان کے منہ سے نہ نکل پڑے۔۔۔ "کس سے پوچھوں؟ کمبخت خود ہی میرے ذہن میں آجائے تو پوچھنا ہی کیوں پڑے؟ انھوں نے بھنویں سکوڑیں، پیشانی پر بے شمار بل پڑ گئے پھر آنکھیں بند کر لیں اور اپنے ذہن سے جوجھنے لگے۔" آج سرلا کا بیٹا نظر نہیں آرہا ہے، شاید اسے اپنی نانی کا نام یاد۔۔۔ باتوں باتوں میں اس سے تو پوچھ ہی لوں گا۔۔۔ "سرلا آج تمہارا بیٹا۔۔۔؟"

"ہاں پتاجی میں تو بتانا بھول ہی گئی۔ بی۔ اے۔ پاس کرنے کے بعد اس نے کمپٹیشن کی تیاری شروع کر دی تھی۔ کل سے اس کے امتحان ہیں۔ دو دن پہلے ہی دلی چلا گیا ہے۔۔۔" "او۔۔۔ اچھا۔۔۔ تو گھر پر نہیں ہے۔" کیدارناتھ ایک ٹھنڈی سانس لے کر پھر کھانے میں مصروف ہو گئے۔ کھانا ختم ہو گیا اور کیدارناتھ کو اپنی بیوی کا نام یاد نہیں آیا۔ کھانے کے بعد چائے اور پھر دیکھتے دیکھتے ہی شام ہو گئی۔ کیدارناتھ بغیر نام پوچھے ہی وہاں سے اٹھ پڑے۔ گھر لوٹنے کے لیے بس پکڑی۔ اب ان کے جسم کے ساری رگیں ڈھیلی پڑ چکی تھیں۔ ہر ایک شخص کو دیکھ کر انھیں لگتا کہ اسے ضرور میری بیوی کا نام معلوم ہو گا۔ وہ ہر ایک سے پوچھنا چاہتے ہیں مگر کوئی شخص نہ تو ان کی طرف متوجہ ہوتا اور نہ ہی کچھ پوچھنے کے لیے ان کے ہونٹ کھلتے۔ سفر جاری رہا اور پھر اچانک ایک جھٹکے کے ساتھ بس رکی۔ انھوں نے کھڑکی سے باہر جھانکا اور اترنے کے لیے سیٹ سے اٹھ کھڑے ہو گئے۔

کمرے میں چاروں طرف اندھیرا ہے۔ وہ بغیر روشنی کیے بستر پر ڈھیر ہو گئے۔ اندھیرا گہرا ہوتا جارہا تھا، کیدارناتھ کو محسوس ہوا کہ دیواریں ان کی طرف کھسکتی چلی آ

رہی ہیں۔ انھوں نے آنکھوں پر زور دے کر دیواروں کی طرف دیکھا تو ان کی آنکھوں میں جلن ہونے لگی۔ پورے کمرے میں دھواں بھر گیا تھا۔ "اٹھ کر لائٹ جلا دی جائے۔" انھوں نے سوچا۔ مگر روشنی میں تو انھیں نیند ہی نہیں آتی۔ اندھیرے میں بھی کب آتی ہے۔ اب ان کی آنکھیں شعلوں کی طرح دہکنے لگی تھیں۔ جسم سے بھی آگ نکلنے لگے گی۔ آگ کی لپٹیں بہت تیز ہو گئی ہیں۔ سرلا کی ماں کی چتا جل رہی ہے، روشنی بہت تیز ہے اور انھیں نیند نہیں آ رہی ہے۔ تو پھر آنکھیں نیند سے بوجھل کیوں ہوتی جا رہی ہیں۔۔۔؟ جگہ جگہ سے جسم گل گیا ہے۔ وہ جدھر کروٹ لیتے ہیں ادھر ہی سے شدید درد کی لہر اٹھتی ہے۔ ان کے ہاتھ پیر بالکل ٹھنڈے ہوتے جا رہے تھے کہ اچانک ذہن سے کوئی چیز نکل کر پلنگ کے نیچے فرش پر جا پڑی۔ کیدارناتھ اٹھ کر بیٹھ گئے۔ لائٹ جلائی اور الماری کھول کر تمام کتابیں فرش پر بکھیر دیں۔ ایک ایک کر کے میز کی دراز کے تمام کاغذات نکال ڈالے اور پرانے بکس سے کچھ فائلیں نکالیں پھر دیوانوں کی طرح انھیں الٹ پلٹ کر دیکھنے لگے۔۔۔ کسی کاغذ کو پڑھتے، کسی کو پھاڑ کر پھینک دیتے اور کسی کو تہہ کر کے رکھ لیتے۔ "کمبخت اس کی کوئی چٹھی بھی تو نہیں مل رہی ہے۔" اب کیدارناتھ نے جھنجھلا کر کتابوں، کاغذوں اور فائلوں کو نوچ کر پھینکنا شروع کر دیا ہے۔ دونوں ہاتھ بالکل شل ہو چکے ہیں۔ سانس رکنے لگی ہے۔ انھوں نے گھبرا کر گلے میں بندھے مفلر کا بل کھولنا چاہا کہ پتا نہیں کیسے گرفت اور تنگ ہو گئی پھر ایک جھٹکے کے ساتھ مفلر کھینچ لیا اور بری طرح ہانپنے لگے۔ "ڈھونڈنے سے کوئی فائدہ نہیں۔۔۔ یاد کرنا بھی بیکار ہے، اب کچھ یاد نہیں آئے گا۔" اور وہ یاد کرنے لگے کہ ان کی بیوی کا نام کیا تھا۔

شانتی۔۔۔؟

نہیں۔۔۔

سروجنی۔۔۔

نہیں۔۔۔ نہیں

سرشٹھا۔۔۔؟

اف یہ بھی نہیں۔۔۔۔

ہزاروں نام ان کے ذہن میں تیزی سے آنے لگے۔ پھر وہ بھول گئے کہ وہ کیا یاد کر رہے تھے۔

آج کون سا دن ہے؟

اتوار۔۔۔

نہیں اتوار تو کل تھا۔

کل؟

اتوار تو اس دن تھا جب وہ سرلا کے گھر گئے تھے اور سرلا کے گھر گئے ہوئے اب صدیاں گزر چکی ہیں۔

ان کی آنکھوں سے زرد روشنائی ٹپک کر پورے کمرے میں پھیل گئی ہے۔ کتابیں، کاغذات اور فائلیں۔۔۔ کچھ دھندلے دھندلے حروف نظر آئے۔

"شرما۔ ہاں میرے دفتر کے ساتھی شرما۔"

"پورا نام کیا تھا ان کا؟"

"یہ بھی بھول گیا؟"

"اور ان کے بیٹے کا؟"

"نہیں، اب مجھے کچھ بھی یاد نہیں ہے۔"

پارک۔۔۔

"کون سا پارک؟"

"ہاں وہی پارک جہاں وہ کھڑی مسکرا رہی ہے۔"

"لیکن اب تو اس پارک کا نام بھی بدل گیا ہے۔"

"کیا ہے اس کا نیا نام؟"

"نیا ہی کیا اب تو پرانا بھی یاد نہیں۔ میں سب کچھ بھولتا جا رہا ہوں۔"

"میری بیٹی"۔۔۔

"اف اس کا نام بھی یاد نہیں آ رہا ہے۔"

"اس کے شوہر کا نام؟"

"ہے بھگوان مجھے کیا ہوتا جا رہا ہے۔ اب تو کچھ بھی یاد نہیں۔"

کیا صرف بیوی کے نام کے لیے وہ اتنے پریشان ہیں۔

نہیں، کوئی اور چیز بھی ہے جسے وہ بھول گئے ہیں۔

"کیا چیز ہے وہ؟"

وہ نیم پلیٹ جو بار بار ان کے ذہن سے نکل کر گر پڑتی ہے! کیا لکھا ہے اس میں؟ کچھ دکھائی نہیں دیتا۔ سب کچھ مٹ چکا ہے۔۔۔

دیواریں، چھت، دروازے اور فرش۔۔۔ کچھ بھی نہیں ہے۔ دور تک پھیلا ہوا ایک بہت بڑا امیدان ہے۔ زمین میں جگہ جگہ دراڑیں پڑ چکی ہیں۔ سورج کا گولا پھیل کر اتنا بڑا ہو گیا کہ پورا آسمان اس کے پیچھے چھپ جاتا ہے۔ روشنی اتنی تیز ہے کہ کچھ دکھائی نہیں دیتا کہ اچانک دور کوئی بہت چھوٹی سی چیز نظر آئی۔

"کیا ہے وہ؟"

"کوئی انسان ہے جو اپنے چاروں طرف مڑ مڑ کر دیکھ رہا ہے۔ اس کے قریب کوئی

بھی نہیں ہے، وہ تنہا ہے، بالکل تنہا۔"

"ارے وہ تو میری طرف بڑھ رہا ہے اور اب میری آنکھوں کے اتنا قریب آ گیا کہ اس کے پیچھے سارا میدان، آسمان اور سورج کا پھیلا ہوا گولا بھی چھپ گیا ہے۔"

"کون ہے یہ شخص؟"

"میں؟" اور ان کی آنکھوں کے سامنے خود ان کی اپنی ذات اندھیرا بن کے چھانے لگی۔

"مگر میں کون ہوں؟ کیا نام ہے میرا؟"

"ایں۔۔۔ اب تو میں اپنا نام بھی بھول گیا۔" وہ ماتھے پر ہاتھ رکھ کر زور سے چیخے اور بغیر ریڑھ کی ہڈی والے آدمی کی طرح دہرے ہوتے ہوتے اپنے آپ میں سمٹنے لگے۔ انھیں لگا کہ وہ کئی گز زمین کے اندر دھنس گئے ہیں۔ ان کا دم گھٹ رہا ہے۔ سر بری طرح چکرانے لگا اور آنکھوں میں نیلے پیلے بادل امنڈ آئے۔ ہاتھ پاؤں سن پڑ چکے ہیں اور گلا رندھ گیا ہے، جیسے کوئی بہت موٹی سی چیز اس میں اٹک گئی ہو۔ کانپتا ہوا ہاتھ انھوں نے گردن پر رکھ لیا اور کھنکارنا چاہا مگر انھیں لگا کہ کھنکارتے ہی ہچکی آ جائے گی اور وہ مر جائیں گے۔

"نہیں۔۔۔" وہ بہت زور سے چیخے۔ ان کے ہاتھ کی گرفت گلے پر خود بخود مضبوط ہو گئی تھی۔ دھندلے دھندلے حروف ابھرنے لگے۔

"کے۔۔۔ کے۔۔۔" اف لگتا ہے دماغ کے پرخچے اڑ جائیں گے اور زبان کٹ کر دور جا گرے گی۔ انھوں نے غور سے دیکھا، حرف کچھ کچھ صاف دکھائی دینے لگے تھے۔ "کے دااا۔۔۔"

اور پھر انھوں نے پڑھ لیا۔ "کیدار ناتھ۔" وہ خوشی سے چیخ پڑے اور گلے پر ہاتھ کی

گرفت ڈھیلی پڑگئی۔ دل بہت زور سے دھڑکا، پورے بدن میں گدگدی سی ہونے لگی اور وہ لڑکھڑاتے ہوئے پلنگ پر جاپڑے۔

"کیدار ناتھ، کیدار ناتھ۔۔۔" وہ زور زور سے کہنے لگے جیسے اب انھیں سب کچھ یاد آگیا ہو۔

اپنی بیٹی کا، دوست کا، اس پارک کا اور اپنی بیوی کا نام۔۔۔ کیدار ناتھ! محسوس ہوا کہ ساری دنیا کا نام کیدار ناتھ ہے۔

پھر آہستہ سے اٹھے، لائٹ بجھائی اور کیدار ناتھ، کیدار ناتھ کہتے ہوئے لحاف میں گھس گئے۔

صبح ہوئی تو انھوں نے خود کو بہت مطمئن محسوس کیا۔ رات بہت گہری اور سکون کی نیند آئی تھی۔!

***

باغ کا دروازہ

گرمیوں کی تاروں بھری رات نے گھر کے بڑے آنگن کو شبنم کے چھڑکاؤ سے ٹھنڈا کر دیا تھا۔ جیسے ہی دادی جان نے تسبیح تکیے کے نیچے رکھی نوروز کود کر ان کے پلنگ پر جا پہنچا۔ "دادی جان جب سبھی شہزادے باغ کی رکھوالی میں ناکام ہو گئے تو چھوٹے شہزادے نے بادشاہ سلامت سے کیا کہا۔۔۔؟"

"نوروز تو اب بڑا ہو گیا ہے۔ کہانیاں سننا چھوڑ۔۔۔"

"دادی جان یہ کہانی کہاں ہے، یہ تو ہمارے ہی شہر کے باغ کا قصہ ہے۔ باغ کوٹھی والا باغ۔"

"ہاں میرے لال، یہ ہمارے شہر کی بھی داستان ہے اور ان شہروں کی بھی جو ہم نے نہیں دیکھے ہیں۔"

"کیا چھوٹا شہزادہ بھی باغ کی رکھوالی میں ناکام ہو جائے گا؟"

"اچھا سن۔۔۔ لیکن ہنکارے بھرتے رہنا۔"

"تو چھوٹے شہزادے گل ریز نے بادشاہ سلامت سے کہا۔ بابا حضور مجھے بھی ایک موقع دیجیے۔ بادشاہ نے لخت جگر پر نگاہ کی اور بولے۔ نہیں جان پدر، شرط مشکل ہے اور تو عزیز۔ اگر تیرا پہرا بھی ناکام ہوا تو اس وطن کے آخری ستارے کو بھی شہر بدر ہونا پڑے گا۔۔۔ شہر خالی ہو چکا ہے۔ تیرے پانچوں بھائی بھی میری آنکھوں کو ویران کر

گئے ہیں۔ باغ پر کسی دیو کا سایہ ہے جو سخت نگہبانی کے باوجود صبح ہوتے ہوتے سارے چمن کو اجاڑ دیتا ہے۔ پہرے کی کامیابی پر آدھی بادشاہت دینے کا وعدہ ہے۔ مگر تجھے کیا؟ اے میرے خوش بخت فرزند تو، تو پوری سلطنت کا مالک ہے۔ نہیں بابا حضور، میں نے بیڑا اٹھایا ہے، اب آپ حکم دیجیے۔ جیسی تیری مرضی اور بادشاہ نے شہزادے گل ریز کو رخصت کیا۔ شہزادے نے اپنے ساتھ ایک چاقو اور شیشی میں پسی ہوئی سرخ مرچیں لیں اور باغ کی سمت روانہ ہوا۔ باغ کے دروازے میں داخل ہو، دروازہ بند کر، پہرہ دینے لگا۔ جب رات آدھی ہوئی اور جھپکیاں آنے لگیں تو اس نے چاقو نکال، اپنی کنی انگلی تراش، اس میں مرچیں بھر لیں۔ نیند آنکھوں سے غائب ہو گئی اور سحر نمودار ہونے لگی۔ اسے یاد آیا کہ عرصہ ہوا اس باغ میں ایک فقیر نے ڈیرا ڈالا تھا اور کسی بات پر خوش ہو کر اس قلندر نے شہزادے کو بتایا تھا کہ اس باغ پر ایک دیو کا سایہ ہے۔ جو بھی اس کی پاسبانی کرے گا وہ پو پھٹتے پھٹتے سو جائے گا۔ اگر کسی صورت جاگتا رہ جائے تو دیو پر فتح پائے گا۔ سوچ ہی رہا تھا کہ دیکھتا کیا ہے، ایک لحیم شحیم دیو باغ کی فصیل لانگ کر داخل ہوتا ہے اور پھولوں کی کیاریوں کو روندتا ہوا پھل دار درختوں پر چڑھ جاتا ہے۔ بس شہزادے نے دیکھا اور پلک جھپکتے ہی اس کی دم سے لٹک گیا۔ دیو ڈال ڈال تو شہزادہ پات پات۔ دیو نے کہا، میں سیر ہوں، شہزادہ بولا، میں سوا سیر۔ دیو پلٹا، شہزادہ کود کر اس کی پیٹھ پر۔۔۔"

"سو گیا کیا؟"

"نہیں دادی جان"

"اچھا تو سن۔" اور پھر وہ بہت دیر تک دیو اور شہزادے کے داؤ پیچ بیان کرتی رہیں۔

"آخر کار دیو کی ہار ہونی تھی سو ہوئی۔ بولا تو جیتا میں ہارا۔ اب مجھے چھوڑ، اس کے عوض

تجھے سات بال دوں گا، جو وقت ضرورت تیرے کام آئیں گے۔ جب مصیبت پڑے تو ایک بال جلا دینا، باقی برے وقت کے لیے رکھ لینا۔"

یہ کہہ کر دادی جان نے اطمینان کی سانس لی، اس کے بعد سانسوں میں آواز پیدا ہونے لگی اور وہ سو گئیں۔ نوروز رات کو کہانی کی اگلی کڑی سنتا اور دن میں باغ کوٹھی کے چکر لگاتا۔ یہ سلسلہ کئی روز تک چلتا رہا، پھر ایک دن نوروز نے دادی جان سے کہا،

"آج کہانی پوری کر کے ہی سوئیے گا دادی جان۔"

"شہزادے نے بادشاہت نہیں لی اور اپنے بھائیوں کی تلاش میں راج پاٹ چھوڑ کر چل پڑا۔ بھائی ملے مگر مارے حسد کے اسے سائیس بنا کر رکھا۔ بھائی سویرے نکلتے شام کو لوٹتے اور بہت فکر مند رہتے۔ ایک شب بھائی سمجھے وہ سو گیا ہے مگر وہ جاگ رہا تھا، بھائیوں کو کہتے سنا کہ آج پھر منادی ہوئی ہے کہ جو شخص برج کی محراب میں بیٹھی شہزادی گلشن آرا کو محل کے پہلے دروازے سے پھولوں کی گیند مارنے میں کامیاب ہو جائے گا وہ اسی کے ساتھ شادی کرے گا۔ اشتیاق بڑھا، چھپ کر بھائیوں کے پیچھے پیچھے چل دیا اور یہ ماجرا دیکھا کہ دور دراز ملکوں سے آئے شہزادے اپنی اپنی قسمت آزما رہے ہیں مگر شہزادی جس بارہ دری میں بیٹھی ہے وہاں ہوا کچھ اس رخ سے چلتی ہے کہ شہزادی تک گیند کا پہنچانا ناممکن ہو جاتا ہے۔ اسے طلسمی بالوں کا خیال آیا۔ ایک بال جلا دیا، سبز گھوڑا سبز جوڑا تیار اور پھولوں کی ایک گیند جو شہزادے کے اشارے کی تابع دار تھی، ہاتھ میں آگئی۔ کامیابی ملی، مگر وہ گھوڑے کو لے کر نظروں سے اوجھل۔ دوسرے دن سرخ جوڑا، سرخ گھوڑا اور گیند۔ گل ہزارہ کی گیند شہزادی گلشن آرا کے رخ روشن کو چھوتی اور بکھر جاتی۔ یہ سب اس طرح ہوتا جیسے بجلی کوند گئی ہو اور دیکھتے ہی دیکھتے شہزادہ نظروں سے غائب۔ ساتویں روز سفید جوڑا پہنے سفید گھوڑے پر سوار ہو کر جب وہ گیند مار کر فرار ہوا تو

شہزادی کے منصوبے کے مطابق اس کے داہنے پیر کو محل کے سپاہیوں نے زخمی کر دیا۔ بس شہر بھر میں زخمی پیر والے شخص کی تلاش شروع ہوئی اور ایک سرائے کے پچھواڑے سائیس کے بھیس میں شہزادہ گرفتار ہوا۔ شہزادی کی ضد کے نتیجے میں شادی تو ہوگئی مگر بادشاہ سلامت کو کم رتبہ رشتہ پسند نہیں آیا۔ دونوں کو دو دھڑی اناج اور ایک اشرفی دے کر سلطنت سے نکال دیا۔ ان دونوں نے ایک دنیا بسائی۔ دنیا بسانے کا وہی پرانا طریقہ۔ ایک اشرفی کے کچھ چاول، کچھ ریشم کے دھاگے، کچھ زری کے تار اور کچھ اوزار۔ چاول کے دانے میدان میں ڈالے۔ رنگ برنگی چڑیاں آئیں۔ پر ٹوٹے، ان کو سمیٹ کر پنکھا بنایا۔ شہزادہ بازار میں بیچ آیا۔ پھر چاول کے دانوں، ریشم کے دھاگوں اور زری کے تاروں کی تعداد بڑھتی گئی۔ ہر روز کئی کئی پنکھے تیار ہونے لگے۔ پھر فرشی پنکھے، چھت سے لٹکنے والے پنکھے اور دیوار کے قالین بننے لگے۔ کاروبار بڑھا تو ایک گڑھی نما قلعہ بنوایا، یوں ان کی دنیا آباد ہوگئی۔ دونوں نے ایک دوسرے سے بے پناہ محبت کی اور پھر ایک باغ لگایا۔"

"بس دادی جان۔ آگے کا قصہ مجھے معلوم ہے۔"

"تجھے کیسے معلوم؟"

"ہمارے ہی شہر کی تو کہانی ہے۔ باغ کوٹھی کے دربان شیز فام نے مجھے سنائی تھی اور دادی جان وہ کہانی میں نے رات میں نہیں دن میں سنی تھی۔"

دادی جان کو اطمینان ہو گیا، وہ سو گئیں لیکن نوروز جاگتا رہا اور آج وہ برسوں بعد سوچتا ہے کہ اس نے دادی جان سے جھوٹ کیوں بولا تھا۔ کیا وہ آگے کی کہانی سننا نہیں چاہتا تھا؟ مگر کیوں؟ شاید اس لیے کہ گلشن آرا کے لگائے ہوئے باغ کی کہانی وہ سننا نہیں دیکھنا چاہتا تھا اور باغ لگتے اس نے اپنی آنکھوں سے دیکھا اور اب اجڑتے ہوئے بھی دیکھ

رہا ہے۔ یہ باغ ہزاروں سال میں لگ پایا تھا، نوروز کی آنکھیں اس کی گواہ ہیں۔ ہزاروں سال پرانی آنکھیں۔ ایک ایک پودا اس کے سامنے لگا ہے اور ایک ایک پھول اس کی آنکھوں کے آگے کھلا ہے۔ یہ باغ نہیں مختلف پھولوں سے بنی شہزادہ گل ریز کی گیند ہے جو گلشن آرا کے رخ روشن سے ٹکرا کر بکھر گئی ہے۔

نوروز کا دنیا دیکھنے اور زندگی کو سمجھنے کا یہ طلسمی انداز واقعات کو یوں دیکھتا ہے۔ ایک روز کا واقعہ ہے کہ شہر میں نٹوں کی ایک ٹولی داخل ہوئی۔ ایک نوجوان نٹ اس کی نہایت ملوک نٹنی نے اعلان کیا کہ وہ نقلی پر لگا کر دو کوس تک اڑ سکتے ہیں۔ بس لوگ جمع ہونے لگے۔ اس کی خبر گڑھی کی بالائی منزل پر شہزادی گلشن آرا کے کانوں تک پہنچی۔ شہزادی نے نٹ کے اس جوڑے کو بلوا بھیجا۔ کرتب شروع ہوا۔ مشرقی برج سے چھاج کے نقلی پر لگا کر دونوں اڑے۔ دو کوس کا دعویٰ تھا، ڈھائی کوس تک اڑتے رہے اور پھر جب گرے تو خدا کا کرنا، دونوں نے وہیں دم توڑ دیا۔ شہزادی گلشن آرا پالکی میں سوار ہو کر جب وہاں پہنچیں تو دیکھتی کیا ہیں کہ وہاں نہ کوئی نٹ ہے اور نہ نٹنی۔ لاش کا کہیں پتا نہ تھا۔ بس دو پھول کھلے ہوئے تھے۔ رنگ ان کا ایسا کہ دنیا میں مثال نہیں۔ شہزادی گلشن آرا نے حکم نامہ جاری کیا کہ یہاں ایک ایسا باغ لگایا جائے جس میں دنیا بھر کے نایاب و نادر پھول، طرح طرح کے پھل اور بے شمار خوبصورت درخت ہوں۔ باغ کی چہار دیواری ایسی ہو کہ جس میں ہزار دروازے ہوں اور سارے دروازے سبھی کے لیے کھلے رہیں۔ باغ کی پہرے داری گل صد برگ کریں اور ان کی سواری گل گوں ہو۔ شہزادی کے حکم کی تعمیل ہوئی۔ پہلے تمر ہندی، برگد، پیپل اور املتاس کے درخت لگائے گئے اور پھر درمیانی روشیں مولسری، آبنوس اور صنوبر کے درختوں سے آراستہ کی گئیں۔ باغ کے وسط میں ایک عالی شان عمارت تعمیر کی گئی جو باغ کوٹھی کے نام سے مشہور ہوئی۔ لوگ

مختلف ممالک سے آتے، اپنے ساتھ نایاب قسم کے پودے لاتے اور باغ کوٹھی میں قیام کر کے محسوس کرتے گویا باغ میں نہیں شہزادی گلشن آرا کے دل میں قیام پذیر ہوں۔ کچھ آنے والے کوہِ قاف کو عبور کر کے آئے تو کچھ سمندر کے راستے۔ دور دور تک اس گل کدے کی شہرت تھی۔ لوگوں کی آمد کا سلسلہ صدیوں تک جاری رہا۔ اب گل داؤدی، گلِ رعنا اور گلِ آفتاب کے ساتھ ساتھ کرسمس ٹری، پام کے درخت اور منی پلانٹ کی بیلیں بھی اس چمن زار میں دکھائی دینے لگی تھیں۔

پھر کیا ہوا، کیسے ہوا کہ باغ اجڑنے لگا۔ نوروز بستر پر لیٹا سوچ ہی رہا تھا کہ گلیارے میں ایک شور اٹھا۔ بیٹھک کی کھڑکی کھول کر دیکھا کہ باغ کی پاسبانی کا عزم لیے کچھ لوگ نعرے لگاتے گلی سے گزر رہے ہیں۔ وہ بھی چبوترے پر نکل آیا اور ہجوم کے سنگ سنگ چلنے لگا۔ پھر اس نے جانا کہ بھیڑ باغ میں داخل ہو چکی ہے اور وہ تنہا دروازے کے باہر کھڑا رہ گیا ہے۔ نظریں اٹھائیں تو پایا کہ اب فصیل مزید اونچی کر دی گئی تھی اور اس کے تمام دروازے پتھروں سے چن دیے گئے تھے۔ صرف صدر دروازہ کھلا تھا، جس پر سیاہ وردی پہنے سپاہی آبنوس کے درختوں کی طرح جامد و ساکت کھڑے تھے۔ اندر جانے کی کوشش کی، پر اسے یہ کہہ کر روک دیا گیا کہ ابھی اجازت نہیں۔ کارروائی شروع ہو چکی ہے۔

دوسرے روز سورج نکلنے سے پہلے ہی وہ باغ کی طرف روانہ ہو گیا۔ صدر دروازے سے داخل ہوتے ہی اس نے دیکھا کہ جہاں مولسری اور صنوبر کے شجر تھے وہاں ببول کی کانٹے دار جھاڑیاں اگ آئی ہیں۔ حوض جس میں ہر پل فوارہ چلتا رہتا تھا اسے بارش کے پانی اور کائی کی پرتوں نے مینڈکوں کا مسکن بنا دیا ہے۔ سامنے نگاہ کی تو کھلا کہ باغ کوٹھی کے کھنڈر دم سادھے کھڑے ہیں۔ کوٹھی کی بلند محراب کی طرف گردن اٹھائی تو اندھیرے میں ڈوبے آسمان کا عکس نظر آیا۔ محراب ٹوٹ کر گر چکی تھی اور ستون

سرنگوں تھے۔ وہ بڑھتا رہا اور آگے بڑھتا رہا کہ ایک پتھر سے ٹکرا کر اوندھے منہ آگرا۔ کانپتی انگلیوں سے ٹٹولا تو دو قبروں کے نشان پائے اسے معلوم ہے یہ قبریں شہزادہ گل ریزؔ اور شہزادی گلشن آرا کی ہیں۔ اب سورج آسمان پر پاؤں جما چکا تھا۔ صدر دروازے کے باہر ہجوم جمع ہونے لگا۔ نوروز اٹھا اور باغ کوٹھی کے کھنڈر کی ایک دیوار کے پیچھے چلا گیا اور سوچنے لگا۔ نگہ داشت کی تمام کوششیں جاری ہیں، پھر آخر یہ باغ روز بہ روز کیوں ویران ہوتا جارہا ہے؟ باہر ایک ازدحام ہے اور گشت پہلے سے زیادہ سخت۔ "کیا ہزاروں سال پرانا دیو پھر سے۔۔۔"

ایک شور اٹھا اور بھیڑ اندر داخل ہوگئی۔۔۔ کچھ لوگ حوض کے چبوترے پر، باقی حوض کے چاروں طرف بیٹھ گئے۔ چبوترے پر ایک شخص کھڑا ہوا اور کہنے لگا، "باغ کی حفاظت کی ذمہ داری اب ہماری ہے۔ صدر دروازے کو بھی باقی دروازوں کی طرح بند کر دینا ہوگا۔"

مجمع سے ایک آواز ابھری۔۔۔ "باہر سے کسی کو آنے کی اجازت نہیں ہوگی۔" یہ کہہ کر اس نے دامن سمیٹ لیا اور بیٹھ گیا۔

چبوترے پر کھڑا شخص پھر بولا۔۔۔ "یوں تو ہم نے صدیوں سے اس باغ میں کسی گل ریز اور کسی گلشن آرا کو نئی قسم کا کوئی بھی پودا لگانے نہیں دیا ہے، کیونکہ ہر نیا پودا پرانے پودے کو غارت کر دیتا ہے۔ چہار دیواری کے باہر سے لائے ہوئے پودے لگا کر باغ کی فضا کو آلودہ کرنے کی اجازت نہیں دی جائے گی۔"

نوروزؔ دیوار کی آڑ میں کھڑا حیرت سے سن رہا تھا، "نئے پودوں کی آمد پر بندش؟ کہیں باغ کے ویران ہونے کی یہی وجہ تو نہیں۔ ہاں یہ بھی ایک وجہ ہو سکتی ہے۔ ہو سکتا ہے باغ اجڑا ہی نہ ہو بلکہ نئے پھولوں کے نہ کھلنے اور نئے پھلوں کے نہ پھلنے کے سبب دنیا

کے دوسرے باغوں کے مقابلے میں اجڑتا ہوا سا محسوس ہو رہا ہو۔"

اب اس نے دیکھا کہ چبوترے پر کوئی دوسرا شخص آکر کھڑا ہو گیا ہے۔ اس شخص نے شلوکے کی جیب میں ہاتھ ڈالا اور مسکراتے ہوئے باغ کے چوتھے کھونٹ کی طرف اشارہ کیا، جیسے اس نے رکھوالی کا کوئی کارگر طریقہ ڈھونڈ نکالا ہو۔ دیوار کے پیچھے سے نوروز نے جھانک کر دیکھا اور ششدر رہ گیا۔ وہاں سے گل رعنا، گل جعفری اور گل سوسن کے پودے اکھاڑ دیے گئے تھے۔ ہاں کیتکی اور ناگ پھنی کے پودے قطاروں میں اسی طرح لگے ہوئے تھے۔

"باغ کی صفائی کے نام پر خودرو گھاس سمجھ کر ان لوگوں نے سب پودے اکھاڑ پھینکے۔ گلِ سوسن بھی!" اس نے چیخ کر کچھ کہنا چاہا مگر اب اس کی زبان پوری طرح گنگ ہو چکی تھی۔ کیوڑے کی جھاڑیوں سے ایک سانپ نکلا اور گلِ شب افروز کے جھنڈ سے ہوتا ہوا بھیڑ میں شامل ہو گیا۔ کچھ لوگ بلم بھالے لے کر دوڑے اور سانپ مارنے کے بجائے گلِ شب افروز کے پودوں کو جڑ سے اکھاڑنے لگے۔ اب حوض پر کھڑا وہ شخص کہہ رہا تھا کہ۔۔۔ "بے کار اور بے میل پیڑ پودے اکھاڑ پھینکو۔ برگد کی صف میں برگد اور پیپل کی صف میں پیپل۔ پلکھن، چیڑ، ساکھو اور بس۔۔۔" اس کی بات ادھوری ہی تھی کہ بغیر کچھ سوچے، بغیر کچھ سمجھے بھیڑ چاروں طرف بکھر گئی اور پلک جھپکتے خیار شنبر، پام اور ایروکیریا کے درخت بھی اکھاڑ پھینکے۔

"اے خدا یہ باغ کی زیبائش کا کون سا طریقہ ہے؟ اے میرے پاک پروردگار کیا اب اسے بچانے کی کوئی تدبیر نہیں۔ اے قادر مطلق کوئی ترکیب بتا۔ ہاتھ میں چاقو اور سرخ مرچوں کی شیشی لے کر کسی شہزادے کو بھیج۔" اتنے میں دیکھتا کیا ہے کہ کچھ نوجوان ایک ہاتھ میں چاقو اور دوسرے ہاتھ میں شیشی لیے باغ میں داخل ہوئے۔ وہ

سب پہرے کے لیے باغ کے کونے کونے میں منتشر ہوناہی چاہتے تھے کہ ایک بوڑھا شخص سامنے آکر کھڑا ہو گیا۔

"دیکھو میرے چہرے پر یہ جھریاں دیکھو۔" پھر اس نے کٹّی انگلی کا زخم دکھایا اور رقت آمیز لہجے میں بولا۔"میں یہ ترکیب صدیوں سے آزماتا آرہاہوں۔ کوئی فائدہ نہیں۔ یہ تدبیر اب کار گر نہیں رہی۔ اب کوئی دیو باغ کی دیوار پھلانگ کر اسے اجاڑنے کے لیے باہر سے نہیں آتا، اس کے اجڑنے کا سبب کچھ اور ہے، تو ظاہر ہے نگہبانی کی تدبیر بھی کچھ اور ہی ہو گی۔" اتنا سننا تھا کہ مجمع پر سکتہ ساطاری ہو گیا اور پھر ایک ایک کر کے سب واپس ہو لیے۔ وہ بھی جو بعد میں آئے تھے اور وہ بھی جو حوض کے گرد جمع تھے۔

ایک روز پھر شہر میں ڈگی پٹی، اعلان ہوا کہ، "باغ کی حفاظت کے تمام حربے آزمائے جا چکے ہیں مگر ہر بار ناکامی ہاتھ آتی ہے۔ باغ متواتر ویران ہوتا جارہاہے۔ ہر خاص وعام کو مطلع کیا جاتا ہے کہ سورج طلوع ہونے سے قبل باغ کے صدر دروازے پر پہنچے۔" سورج طلوع ہونے میں ابھی دیر تھی۔ صدر دروازہ بند تھا۔ بڑی تعداد میں لوگ جمع ہو چکے تھے۔ نوروزؔ بھی ہزاروں سال پرانی آنکھوں میں ویرانی لیے وہاں موجود تھا۔ دروازے پر بڑی سینی میں چاندی کے ورق میں لپٹا ایک بیڑا رکھا تھا۔ ایک جم غفیر تھا مگر خاموش۔۔۔ "تو کیا اسی طرح لوگ شام ہوتے ہوتے اپنے اپنے گھروں کو لوٹ جائیں گے ؟" آخر کار شام بھی ہو گئی۔ دن بھر کی گرم ہوا نے سینی میں رکھے بیڑے کو جھلسا دیا۔ لگتا تھا کہ ایک جھٹکے کے ساتھ لوگ پلٹیں گے اور واپس شہر کی طرف دوڑ پڑیں گے کہ اچانک مجمع سے ایک آواز آئی جیسے بجلی چمکی ہو اور پھر بادل گرجنے لگے۔ مجمع کو چیر تا ایک بوڑھا، اپنی جھولی کو بغل میں دبائے صدر دروازے کی طرف بڑھتا چلا آرہا تھا۔ نوروزؔ نے پہچاننے کی کشش کی۔ "کیا یہ گل ریز ہے ؟ نہیں۔ تو پھر شاید نوروز۔ نہیں۔ میں تو یہاں

کھڑا ہوں اگر اس وقت میرے چہرے کے سامنے آئینہ ہوتا تو ضرور اس بوڑھے کو قریب سے دیکھ پاتا۔" اس نے تھوڑا آگے بڑھ کر پہچاننے کی کوشش کی۔ "ارے یہ تو وہی بوڑھا ہے جس نے کٹی انگلی کا زخم دکھا کر مجمع کو واپس کیا تھا۔ اس دن یہ کتنا مایوس تھا مگر آج اس کے چہرے پر یہ چمک؟ شاید میری آنکھوں کی چمک ہو"۔ پھر کیا تھا، بوڑھے نے بیڑا اٹھایا اور آسمان کی طرف دیکھ کر منہ میں رکھ لیا۔ لوگ مضطرب تھے، شاید دیکھنا چاہتے تھے کہ اس کی جھولی میں کیا ہے؟ بوڑھے کی تجربے کار آنکھیں مسکرائیں۔ اس نے جھولی میں ہاتھ ڈالا، سب سے پہلے جو چیز نکلی وہ گلِ ہزارہ کی ایک خوبصورت گیند تھی۔ پھول کی اس گیند کے چاروں طرف نیلوفر، نسترن اور یاسمین کی پتیاں گندھی ہوئی تھیں۔ اس جھولی سے پھر ایک تیشہ نکلا۔ نوروز نے دیکھا کہ تیشے کی نوک پر فصیل کے تمام بند دروازوں کو توڑنے کا عزم چمک رہا تھا۔

"سب سے پہلے باغ کے تمام دروازے کھولنے ہوں گے۔" بوڑھے نے کہا۔ نوروز کچھ اور آگے بڑھ گیا۔ باغبانی کے اوزار اور کچھ نایاب و نادر پھولوں کے پودے دیکھ کر وہ بوڑھے کے بالکل قریب جا پہنچا، اتنا قریب کہ شاید دونوں میں اب کوئی فرق نہ رہا تھا۔

لوگ حیرت سے ایک دوسرے کی طرف دیکھ رہے تھے کہ ایک آواز آئی،

"رکھوالی کا یہ کون سا طریقہ ہے؟"

بوڑھے نے اس طرف دھیان نہیں دیا اور نرمی سے کہا، "آپ سے دست بستہ گزارش ہے کہ سب اپنی اپنی مٹھیاں کھول دیں۔"

سب نے بند مٹھیاں کھول دیں، پھر صدر دروازہ کھلا، بوڑھا باغ میں داخل ہوا ہی چاہتا تھا کہ ٹھٹھکا، پلٹ کر نوروز کی طرف آیا اور بولا، "ممکن ہے میں باغ کی نگہبانی میں کامیاب ہو جاؤں۔ ممکن ہے باغ پھر سے سرسبز ہو جائے۔ ممکن ہے اس گلستاں کا دامن

بہت وسیع ہو جائے مگر اس کی کیا ضمانت ہے کہ یہ باغ پھر نہیں اجڑے گا۔" نوروز یہ سوال سن کر بوڑھے کے قدموں میں گر گیا۔ بوڑھے نے جھک کر اسے اٹھایا اور جھولی میں ہاتھ ڈال دیا۔ سب تعجب سے دیکھ رہے تھے کہ اب جھولی سے کیا نکلتا ہے۔ اس نے جھولی سے سیاہ دستے اور تیز دھار والی کوئی شے نکال کر نوروز کے ہاتھ میں تھما دی۔

"شاید چاقو ہے! لیکن مرچوں کی شیشی؟" نوروز سوچ ہی رہا تھا کہ بوڑھے نے پھر جھولی میں ہاتھ ڈال دیا اور ایک شیشی نکال کر نوروز کو دی اور کہا، "اگر تو اس کا صحیح استعمال کرے گا تو یہ باغ قیامت تک شاداب و سرسبز رہے گا، لیکن۔۔۔" اس نے 'لیکن' سے آگے کچھ کہنا چاہا مگر پھر 'لیکن' کے سوا کچھ نہ کہہ سکا اور مجمع کی طرف دیکھ کر مایوس ہو گیا۔ نوروز نے دونوں چیزوں کو دیکھا۔ ان میں نہ کوئی چاقو تھا اور نہ مرچوں کی شیشی۔ اس نے پھر غور سے دیکھا اور سیاہ مگر روشن رقیق سے لبریز شیشی کے ڈھکن کو کھولا اور تیز دھار والی چیز کے ایک سرے کو داہنے ہاتھ کے انگوٹھے اور دو انگلیوں کے پوروں کے درمیان دبا کر شیشی میں ڈبو دیا۔ ایسا کرتے ہی اس کے چہرے سے دانشوری کی شعاعیں پھوٹنے لگیں اور باغ کی فصیل پر ایک تحریر ابھر آئی۔ نوروز کے ذہن کے تار جھنجھنانے لگے۔ آسمان کی جانب نظریں اٹھائیں تو دیکھا کہ ایک پریوں کی شہزادی، ماتھے پر نقرئی تاج، ہاتھ میں قدیم ساز ہنس پر سوار، باغ کے دروازے کے بہت قریب سے گزر رہی ہے۔

یہ ماجرا نوروز اور بوڑھے کے سوا سب کی نگاہوں سے پوشیدہ رہا اور پھر یوں ہوا کہ جس نے بوڑھے کو دیکھا وہ نوروز کو نہیں دیکھ سکا اور جو نوروز دیکھ رہا تھا اس کی نظروں سے بوڑھا غائب تھا۔

✲✲✲

شیشے کی کرچیں

وارڈ کے سب مریض گہری نیند سوتے رہے اور وہ صبح کے انتظار میں رات بھر کروٹیں بدلتا رہا۔ صبح ہوتے ہی مریم اپنی ٹیم کے ساتھ سفید ایپرن پہنے، گلے میں آلہ لٹکائے آہستہ سے آئے گی اور پوچھے گی۔

"کوئی پرابلم؟"

"جی نہیں ڈاکٹر۔۔۔" وہ ہمیشہ یہی کہتا لیکن مریم اس جواب سے کبھی مطمئن نہین ہوتی اور بیڈ سے لٹکی کیس شیٹ پڑھنے لگتی۔ انویسٹی گیشن رپورٹیں، ٹیمپریچر چارٹ اور ٹریٹمنٹ کارڈ دیکھتے وقت اس کے چہرے پر بے چینی کے آثار تھرمامیٹر کے پارے کی طرح بڑھنے گھٹنے لگتے۔ جس دن اپنا ہاتھ اس کے ماتھے پر رکھ کر دھیرے سے آنکھوں پر لے آتی تو وہ سمجھ جاتا کہ آج اس کی طبیعت ٹھیک نہیں ہے۔ اب وہ مریم کے ہاتھ کی نرمی اور سختی سے اپنی حالت کا اچھی طرح اندازہ لگانے لگا تھا۔

'عجیب مرض ہے، جوں جوں بڑھتا ہے، تکلیف کا احساس مٹتا جاتا ہے۔ مریم بھی کچھ نہیں بتاتی۔۔۔ وہ ہمیشہ خاموش رہتی ہے مگر ہر بار لگتا ہے کہ کچھ کہنا چاہتی ہے۔

سچ۔۔۔؟

لیکن مجھ سے آج تک کسی نے کچھ نہیں کہا۔۔۔ میری ماں نے بھی نہیں۔ باپ کو تو خیر میں نے دیکھا ہی نہیں۔ اب ماں کی شکل بھی دھندلی ہوتی جا رہی ہے۔ کس کس طرح

سے میں نے ان آنکھوں کو سلامت رکھا ہے۔ میں دنیا کو پہچانتا ہوں مگر دنیا مجھے نہیں پہچانتی، سوائے مریم کے۔ وہ مجھے دیکھتی ہے، ماتھے پر ہاتھ رکھتی اور کچھ کہنا بھی چاہتی ہے۔ آخر کیا کہنا چاہتی ہے وہ۔۔۔؟'

"وہ۔۔۔ وہ"۔ لگاتار "وہ۔۔۔ وہ" اور پھر ایک ہی تال پر "وہ۔۔۔ وہ" کا طویل سلسلہ۔ گویا اس کے سینے میں دل نہیں "وہ" دھڑک رہی ہو۔

"اگر اس نے کچھ کہہ دیا تو۔۔۔"

"تو کیا؟ یا تو میں ٹھیک ہو جاؤں گا، یا پھر اسی وقت مر جاؤں گا۔"

"تو میرے مرنے کے ساتھ ہی وہ بھی مر جائے گی؟ وہ جو ایک آواز ہے۔ وہ جو میرے سینے کے اندر ہے۔" اس نے زور سے آنکھیں میچ لیں۔۔۔

صبح ہو گئی تھی۔ وارڈ بوائے نے مریضوں کو ناشتہ دینا شروع کر دیا تھا۔ ماحول اداس اور فضا خاموش تھی۔ اسے محسوس ہوا کہ سارے مریض اسی طرف دیکھ رہے ہیں، حالانکہ سب اپنے اپنے کاموں میں مصروف تھے۔ کوئی ناشتہ کر رہا تھا، کوئی ابھی تک چادر تانے سو رہا تھا تو کوئی وارڈ میں بے مقصد ادھر ادھر ٹہل رہا تھا کہ ایک زوردار چھناکا ہوا۔ آج پھر اس سرپھرے مریض نے چائے پی کر گلاس دیوار سے دے مارا تھا۔ چاروں طرف شیشے کی کرچیں بکھر گئی تھیں۔ وہ دور لیٹا یہ منظر دیکھتا رہا، پھر لیٹے لیٹے نظروں سے کرچوں کو سمیٹنا شروع کیا تو اسے لگا کہ وہ شیشے کی کرچوں کو نہیں اپنے بکھرے ہوئے وجود کو سمیٹ رہا ہے۔۔۔ اتنے میں ڈاکٹر مریم کیبن سے نکل کر سرپھرے مریض کے پاس آن کھڑی ہوئی۔

"ڈاکٹر مجھے کیا ہو جاتا ہے؟"

"کوئی بات نہیں۔ ڈاکٹر رابرٹ راؤنڈ پر آ رہے ہوں گے۔ شاید کوئی دوا بد

لیں۔"ڈاکٹر مریم نے مریض کے ماتھے پر اپنا ہاتھ رکھ دیا۔ یہ دیکھ کر اس کا جی چاہا کہ وہ بھی سائڈ ریک پر رکھا گل دان دیوار سے دے مارے اور۔۔۔ مگر وہ ایسا نہ کر سکا، کیونکہ اسی لمحے ڈاکٹر مریم کی نظر اس پر پڑ گئی اور وہ قریب آ کر بولی۔

"تم ٹھیک ہو جاؤ گے۔ مسٹر۔۔۔"نام دیکھنے کے لیے کیس شیٹ پر نظر ڈالی۔

"مریم تو دوسرے ڈاکٹروں سے الگ ہے پھر بھی نام۔۔۔؟

"ہاں تم بالکل ٹھیک ہو جاؤ گے۔"ڈاکٹر مریم نے پھر کہا اور خاموشی سے چلی گئی۔

"میں اس کا مطلب اچھی طرح سمجھتا ہوں۔ بالکل ٹھیک ہو جاؤ گے یعنی جلد ہی مر جاؤ گے، بس چند روز اور۔۔۔"

ڈاکٹر رابرٹ راؤنڈ پر آ گئے تھے۔ مریم بھی ان کے ساتھ تھی۔

"وہ کسی بھی مریض کو دیکھ رہی ہو ایک اچٹتی سی نظر مجھ پر ڈال لیتی ہے۔ اب وہ لوگ ادھر ہی آ رہے ہیں، مریم کی چال دھیمی کیوں ہونے لگی۔۔۔؟ ارے وہ تو اپنے کیبن میں جا رہی ہے۔ کیا میرے پاس نہیں آئے گی۔ جاتے جاتے ایک بار پھر اس نے مجھے دیکھا ہے۔ میں جانتا ہوں جس کے بچنے کی امید نہیں ہوتی، وہ اس کے پاس آنا کم کر دیتی ہے۔ ابھی تک اس کا دل ڈاکٹروں کے دل کی طرح سخت نہیں ہو پایا ہے۔"

ڈاکٹر رابرٹ ایک ایک کر کے مریضوں کو دیکھتے ہوئے اس کے بستر کی طرف بڑھ رہے تھے۔ اسے یہ بھی معلوم ہے کہ جب ڈاکٹر رابرٹ کسی مریض کی تمام رپورٹیں، ایکس رے پلیٹیں اور پوری کیس ہسٹری اپنی ٹیم کے سارے ڈاکٹروں کو دکھاتے ہیں، کچھ دیر سمجھاتے ہیں اور پھر ٹھنڈی آہ بھر کر اس مریض کے سر پر ہاتھ رکھ دیتے ہیں تو سمجھیے کہ وہ دن اس مریض کی زندگی کا آخری دن ہے۔

"آج کس کی باری ہے۔۔۔؟ اس سر پھرے مریض کی۔۔۔؟ نہیں، اسے تو آج

دیکھا بھی نہیں، بس آگے بڑھ گئے۔ پھر کون ہے جو آج مرنے والا ہے۔ میں؟"

اور پھر اس نے دیکھا کہ ڈاکٹر رابرٹ اپنے جونیرس کے ساتھ اس کے سرہانے آکر کھڑے ہو گئے۔ رپورٹیں دیکھیں، کیس ہسٹری پڑھ کر سب کو سنائی۔ وہ کانپنے لگا تو ڈاکٹر رابرٹ نے اس کے ماتھے پر ہاتھ رکھ دیا۔

"نہیں۔۔۔" آواز اس کے اندر گھُٹ کر رہ گئی۔

"نرس، ہیموگلوبن ٹیسٹ کرو۔ ڈرپ چڑھانے کا انتظام کرو اور آکسیجن سیلنڈر اسٹور سے نکال کر یہیں رکھ لو۔۔۔"

اس کے سینے میں درد کی لہر اٹھی اور آنکھیں نیند سے بوجھل ہونے لگیں تو اس نے پورے بدن کو ڈھیلا چھوڑ دیا، جیسے مرنے کی تیاری کر رہا ہو۔

رات میں کسی وقت درد کی شدت سے آنکھ کھل گئی۔ دم گھٹنے لگا، فضا میں ہوا جیسے تھی ہی نہیں۔ زخمی پرندے کی طرح ہاتھ پاؤں پھڑ پھڑائے اور بہت مشکل سے بھاری پپوٹوں کو تھوڑا سا ہٹانے میں کامیاب ہو سکا۔ دیکھا کہ اس کے چاروں طرف ہرے پردے کا کیبن بنا ہوا ہے، ایک نرس اسٹول پر بیٹھی اونگھ رہی ہے اور پھر نرس کی گردن نیند سے ایک طرف ڈھلک گئی۔ نرس کا چہرہ دھندلا پڑنے لگا اور ڈاکٹر مریم کا چہرا ابھر آیا۔

ڈاکٹر مریم۔۔۔ نہیں میری مریم۔۔۔! "مریم اب سو جاؤ۔ مجھے بھی بہت نیند آ رہی ہے۔" پھر دھیرے دھیرے اس کی آنکھیں بند ہونے لگیں۔ لمحے بھر کو اندھیرا چھایا مگر پھر پتلیوں سے تیز روشنی پھوٹی اور اس کے چاروں طرف پھیل گئی۔ صبح ہو رہی ہے اور وہ ایک چھوٹے سے فلیٹ میں ناشتے کی میز پر بیٹھا مریم کا انتظار کر رہا ہے۔ مریم آئی، اس کے پاس آکر بیٹھ گئی۔

"تم اتنے تنہا کیوں رہتے ہو؟" یہی سوال ایک بار اس کے ایک دوست نے کیا تھا۔

"مجھے تنہائی پسند ہے۔ ابھی تک مجھے ایسا کچھ نہیں ملا جو۔۔۔"

"ملے گا۔"

اس نے کہا تھا" ملے گا" اور آج مل بھی گیا، مریمؔ کی شکل میں، اس طرح کے سوال کرنے والا ایک دوست۔

دوست؟

"لیکن وہ تو ایک ڈاکٹر ہے۔ مجھ سے نہیں میرے مرض سے اس کا رشتہ ہے۔"

اس نے ذہن سے مریمؔ کے خیال کو جھٹکنا چاہا۔ آنکھیں کھولیں تو نظر اسپتال کی بالکونی پر پڑی۔ بالکونی بالکل سونی اور خالی تھی۔ تھوڑی دیر یوں ہی گھورتا رہا پھر آنکھیں بند کیں تو اس یتیم خانے کے ایک کونے سے، جہاں بچپن گزارا تھا، ایک چھوٹا سا خوبصورت فلیٹ ابھرتا نظر آیا۔ اس نے دیکھا کہ وہ اور مریمؔ اس چھوٹے سے فلیٹ کی بالکونی میں آکر بیٹھ گئے ہیں۔

"مریمؔ وہ کتنا حسین لمحہ ہوگا جب خدا نے تمھیں بنانے کی پلاننگ کی ہوگی۔"

"اور وہ لمحہ؟ جب میری قسمت میں آپ کو لکھا ہوگا۔"

"پتا نہیں وہ لمحہ اچھا تھا یا برا۔"

"برا۔" وہ جلدی سے بول پڑی اور دونوں کھکھلا کر ہنسنے لگے۔

"میں اسپتال جارہی ہوں، لوٹتے میں ڈرائنگ روم کے لیے پردے لیتی آؤں گی۔"

"کلر؟"

"ہاں بھئی مجھے آپ کی پسند معلوم ہے۔"

"اوکے"

"ٹھیک ہے اب میں تیار ہوتی ہوں۔ جاؤں؟" مسکراتے ہوئے بولی۔

جب مریم بادامی رنگ کی ساڑی پہن کر ڈرائنگ روم میں آئی تو اس کا دل دھک سے رہ گیا۔

"اتنی خوبصورت ہے مریم؟ مریم بھی خوب ہے کبھی تو دکھائی ہی نہیں دیتی اور جب دکھائی دیتی ہے تو اتنا کہ۔۔۔"

اس کی رگوں میں تناؤ محسوس ہوا، جیسے بدن سے جان نکل رہی ہو۔ پوری طاقت سے خود کو سنبھالا۔ ڈرائنگ روم کے آسمانی پردے آنکھوں کے بہت قریب آکر لہرانے لگے۔ اب پردوں کا رنگ بدلنے لگا تھا اور اسپتال کے ہرے پردوں کا دائرہ تنگ ہو گیا تھا۔ وہ جاگ رہا تھا لیکن لگا کہ ایک طویل نیند کے بعد ابھی ابھی جاگا ہے۔ نرس اسٹول پر بیٹھی اونگھ رہی تھی۔ گلوکوز قطرہ قطرہ اس کے جسم میں اتر رہا تھا اور ڈاکٹر مریم اپنے کیبن میں سو چکی تھی۔ اسے یاد آیا کہ آج ڈاکٹر رابرٹ نے اپنی ٹیم کے ساتھ آکر اس کے ماتھے پر ہاتھ رکھ دیا تھا۔

"نہیں۔۔۔"

سانسیں اکھڑنے لگیں۔ نرس نے آکسیجن کا سلینڈر سنبھالا۔ اس کی نظروں میں چھوٹا سا فلیٹ ہنڈولے کی طرح جھولنے لگا۔

"نہیں۔۔۔ میں مریم کو، اپنے گھر کو، اس ڈرائنگ روم کو جسے میں نے مریم کے ساتھ مل کر، یا شاید اکیلے ہی سجایا ہے اور اس خوبصورت زندگی کو جس نے میرے اندر دھیرے دھیرے جنم لیا ہے، چھوڑ کر نہیں جا سکتا۔

آج رات سے پہلے جب مریم میری زندگی میں نہیں تھی تو کچھ بھی نہیں تھا۔ نہ یہ

گھر، نہ ڈرائنگ روم، نہ پردے اور نہ میں۔ مگر اب یہ دنیا میرے لیے ایک خوبصورت پینٹنگ کی طرح ہے، دیوار پر لگی ایک پنٹنگ۔ ابھی ایک لمحے پہلے یہ پنٹنگ خریدتے وقت مریمؔ سے کتنا جھگڑا ہوا تھا۔

"تم صرف ڈاکٹر ہو۔ سارا وقت اسپتال میں گزارتی ہو۔ تمہارا ٹیسٹ بالکل خراب ہو گیا ہے۔ تمھیں اچھی چیز پسند ہی نہیں آتی۔"

مریمؔ نے میری طرف کتنے پیار سے دیکھا تھا اور آنکھیں اس طرح جھپکی تھیں جیسے کہہ رہی ہو۔

"میری پسند تو تم ہو۔۔۔"

اور پھر ہم پینٹنگ کو دیوار پر لگا کر صوفے پر بیٹھ گئے تھے۔

ہرے پردوں کا دائرہ بہت تنگ ہو گیا تھا۔ فلیٹ اب بھی ہنڈولے کی طرح جھول رہا تھا، کھڑکی کے شیشے ٹوٹ چکے تھے اور کرچیں اس کی آنکھوں میں بھر گئی تھیں۔ کھڑکی سے دکھائی دینے والا صوفہ سکڑ کر اسپتال کے تین پایوں والے اسٹول کی شکل اختیار کر چکا تھا، جس پر نرس بیٹھی اونگھ رہی تھی۔

"صوفہ کہاں غائب ہو گیا؟ اس پر بیٹھی مریمؔ کہاں چلی گئی؟ یہ آنکھوں میں اندھیرا کیوں چھانے لگا ہے؟ میرا گھر کہاں گیا؟ تو کیا میں۔۔۔؟ نہیں میں ابھی مر نہیں سکتا۔ مریمؔ، میری مریمؔ، میرے بغیر۔۔۔! نہیں میں اسے اکیلے چھوڑ کر کیسے جا سکتا ہوں، مجھے رکنا ہوگا۔ مریمؔ۔۔۔"

"یس سر۔۔۔ کیا بات ہے؟ ڈاکٹر مریمؔ کو بلاؤں۔۔۔؟

"نہیں۔۔۔ ڈاکٹر کو نہیں میری۔۔۔" نرس نے دیکھا کہ اس نے کچھ اور بھی کہنے کی کوشش کی مگر ہونٹ محض پھڑپھڑا کر رہ گئے۔

"کہیں سانس نکل نہ جائے۔" وہ تھوڑے تھوڑے وقفے کے لیے سانس روکنے لگا، نرس سمجھی کہ دم نکل رہا ہے۔ سانس رکتی رہی اور چلتی رہی اور جب دل کی دھڑکنیں کئی روز تک "مریمؔ مریمؔ میری مریم" کی لے پر چلتے چلتے رواں ہو گئیں تو ڈاکٹروں کو اس کے زندہ بچ جانے پر شدید حیرت ہوئی۔

"کرشمہ ہو گیا مریمؔ! اس مریض کی حالت بہتر ہوتی جا رہی ہے۔" ڈاکٹر رابرٹ نے مریمؔ کے کندھے پر ہاتھ رکھتے ہوئے کہا۔

کئی دنوں تک ڈاکٹروں نے اس پر خصوصی توجہ دی، مختلف انویسٹی گیشن ہوئے، ہر طرح کی جانچ کے بعد سبھی اس نتیجے پر پہنچے کہ مریض نے اپنے اندر غیر معمولی ریز سٹینس پیدا کر لیا ہے۔ اب وہ غیر معمولی طور پر خوش مزاج بھی ہو گیا تھا۔ کبھی کبھی مریمؔ سے مذاق بھی کر لیتا۔ وہ بھی مسکرا کر جواب دیتی۔ کئی روز تک دل ہی دل میں ان جملوں کو ترتیب دیتا رہتا جو اسے مریم سے کہنے ہوتے۔ وہ چاہتا کہ ایسی بات کہے جس سے اس کے دل کی حالت بھی بیان ہو جائے اور مریم برا بھی نہ مانے۔ لیکن ادھر کچھ دنوں سے اس پر ایک عجیب سی کیفیت طاری ہونے لگی تھی۔ جب بھی مریمؔ ڈاکٹر رابرٹ کے ساتھ ڈیوٹی پر ہوتی تو اسے سب سے بڑی دشمن نظر آتی، اس سے نفرت ہونے لگتی، جی چاہتا کہ وہ مریم کو قتل کر دے۔ وہ خود کو قابو میں رکھنے کی کوشش کرتا مگر ایک روز جب اس نے دیکھا کہ مریم اس کے بستر کے پاس کھڑی رپورٹیں دیکھنے کے بجائے خود سپردگی کے انداز میں ڈاکٹر رابرٹ کی آنکھوں میں جھانک رہی ہے اور ڈاکٹر رابرٹ نے اس کا ہاتھ پکڑ کر آہستہ سے دبا دیا ہے، تو وہ خود کو قابو میں نہ رکھ سکا اور سرہانے رکھے گل دان کو دیوار پر اتنی زور سے دے مارا کہ کانچ کا ایک بڑا ٹکڑا اچٹ کر مریم کے ماتھے پر جا لگا اور چہرے پر خون کی ایک لکیر کھنچ گئی۔ ڈاکٹر رابرٹ نے سخت لہجے میں کہا۔ "اس مریض کو

ڈسچارج کر دینا چاہیے۔ اب یہ ہمارا کیس نہیں۔ کسی مینٹل۔۔۔"

"نہیں رابرٹ اسے دوبارہ زندگی ملی ہے۔ اسے اپنی پچھلی زندگی سے نئی زندگی کی کڑیاں ملانے میں دقّت ہو رہی ہے۔ اگر ہم بھی۔۔۔" اور پھر تم اچھی طرح جانتے ہو کہ علاج رکنے پر یہ بچ نہیں پائے گا۔"

"مریمؔ تم اسے کچھ زیادہ ہی۔۔۔"

"اس نے مجھے اپنی کہانی سنائی ہے رابرٹ اور جانتے ہو اس نے اپنی کہانی صرف مجھے سنائی ہے۔ جب میں نے کرسمس پر اسے ایک رومال لاکر دیا تھا تو اس کی آنکھوں سے آنسو چھلک پڑے تھے۔ اسی رومال سے آنسو پونچھتے ہوئے اس نے کہا تھا۔"

"پہلی بار نکلے ہیں۔ اس میں بھی ایک مزہ ہوتا ہے، مجھے احساس ہی نہیں تھا۔"

رابرٹ نے جیب سے رومال نکال کر مریمؔ کے ماتھے کا خون پونچھا۔ "چلو پہلے ڈریسنگ کروالو۔" اور وہ دونوں وہاں سے چلے گئے۔ کئی دن بعد جب مریم آئی تو وہ نظریں جھکائے بستر پر بیٹھا تھا۔ مریمؔ قریب آکر کھڑی ہوگئی، وہ اسی طرح بیٹھا رہا۔ مریمؔ نے اس کی پیٹھ پر ہاتھ رکھ دیا۔ "ویری گڈ۔ مجھے یقین ہے اگر تم اسی طرح بیماری سے لڑتے رہے تو ایک دن بالکل ٹھیک ہو جاؤگے۔"

اس نے مریم کی طرف دیکھا، دل میں خواہش جاگی کہ اس کے ماتھے پر بندھی پٹی کو سہلائے۔ ہاتھ اٹھا مگر کپکپا کر رہ گیا۔

اس طرح بیماری سے لڑتے رہے تو ایک دن بالکل ٹھیک ہو جاؤگے۔" مریم کا جملہ ذہن میں گونجنے لگا۔

"کیا میں سچ مچ ٹھیک ہو جاؤں گا!"

یہ خیال مزید پریشانی کا باعث بنا۔ وہ دن بھر بے چینی کی حالت میں ادھر ادھر ٹہلتا

رہا۔

شام ہونے کو تھی، ہوا تھمنے لگی تھی، مگر کبھی کبھی تازہ پھولوں کی خوشبو لیے ہوا کا جھونکا کھڑکی سے داخل ہوتا لیکن وارڈ کی بیمار فضا سے گزر کر اس کے بستر تک پہنچتے پہنچتے دم توڑ دیتا اور اسے احساس ہو جاتا کہ یہ اسپتال ہے، ہنڈولے کی طرح جھولتا کوئی خوبصورت فلیٹ نہیں۔ اس نے وارڈ میں چاروں طرف نظریں گھمائیں، اب پوری طرح شام ہو چکی تھی۔ مدھم روشنی کے بلب جل رہے تھے۔ کھڑکی کے باہر یوکلپٹس کے درخت کی شاخیں جھول رہی تھیں۔ وہ اٹھا اور ٹہلتا ہوا بالکونی میں چلا گیا۔ نیچے دور تک سیاہی مائل سبزہ پھیلا ہوا تھا۔

"باہر زندگی کتنی خوبصورت ہے؟" یہ خیال آتے ہی اسے اپنا جسم روح کا اندھیرا قید خانہ محسوس ہوا۔ وارڈ کے نیچے ددر تک اندھیرا چھایا ہوا تھا۔ اس نے دیکھا کہ اندھیرے میں بنتے مٹتے سائے پھر اسی ہنڈولے کی طرح جھولتے فلیٹ کی سی شکل اختیار کرنے لگے ہیں۔ مریم نے مہین نائٹی پہن رکھی ہے۔ بال شانوں پر بکھرے ہوئے ہیں۔ اس نے اپنی انگلیاں مریم کے بالوں میں پروئیں۔

"یا تو یہ مریم کے بال نہیں یا میری انگلیاں نہیں۔" غور سے دیکھا رابرٹ بڑے پیار سے مریم کی زلفیں سہلا رہا تھا۔ ڈرائنگ روم میں لٹکا فانوس اچانک گل ہو گیا۔ فانوس گل ہوتے ہی اندھیرا چھانے کے بجائے اس کی آنکھیں تیز روشنی سے چندھیا گئیں۔ دراصل نرس نے اسپتال کی بالکونی میں لگے بلب کو روشن کر دیا تھا اور بالکونی کا بلب روشن ہوتے ہی فلیٹ کا فانوس گل ہو گیا تھا۔

"آپ یہاں۔۔۔؟ بہت رات ہو گئی ہے، اب آرام۔۔۔"

"نرس، ڈاکٹر مریم آج بھی رات کی ڈیوٹی پر نہیں ہیں نا۔"

"ہیں۔ بہت سی کتابیں لیے بیٹھی ہیں اور آپ کی فائل منگائی ہے۔"

"اکیلی ہیں؟"

"نہیں ڈاکٹر رابرٹ بھی ہیں۔"

"رابرٹ۔۔۔؟"

"ہاں، وہ اکثر رات کو آدھے ایک گھنٹے کے لیے وارڈ میں آ جاتے ہیں، اگر ڈاکٹر مریم ڈیوٹی پر ہوں۔۔۔" نرس نے شرارت بھرے لہجے میں کہا۔ بالکونی میں لگا بلب خود بخود بجھ گیا یا اس نے سوئچ آف کر دیا تھا، نرس یہ نہیں دیکھ پائی اور مسکراتی ہوئی وہاں سے چلی گئی۔

اس کے بعد کئی دن تک اسے نیند نہیں آئی۔ دل کی رفتار میں فرق آ گیا تھا۔ آج رات بھی وہ بستر پر لیٹا کروٹیں بدل رہا تھا۔ ڈیوٹی روم میں مریم اور رابرٹ کافی پی رہے تھے۔ باہر موسم خراب تھا۔ ہوا کے تیز جھونکے وارڈ کی کھڑکیوں سے ٹکرا رہے تھے کہ ایک زوردار چھناکا ہوا۔ ایک کھڑکی کے شیشے ٹوٹ کر بالکونی کے نیچے بکھر گئے، وہ اٹھا اور جھانک کر دیکھا، شیشے کی کرچیں منہ اٹھائے اس کی طرف دیکھ رہی تھیں۔ نہ فلیٹ ہے، نہ ڈرائنگ روم۔ نہ دیوار پر لگی پینٹنگ ہے، نہ مریم اور نہ وہ خود۔ صرف شیشے کی کرچیں ہیں اور کچھ نہیں۔ وہ دیر تک شیشے کی بکھری کرچوں کو گھورتا رہا۔ رابرٹ اور مریم دونوں نے اسے بالکونی میں کھڑا دیکھا۔

"رابرٹ چلو باہر چلتے ہیں۔"

اس موسم میں؟ کہاں؟"

"کہیں بھی۔ کینٹین۔"

"ابھی تو کافی پی ہے۔"

"چلو بھی، کہیں بھی چلتے ہیں۔ بس باہر۔"

"ہوں۔"

اور وہ دونوں وارڈ کی سیڑھیاں اترتے اسپتال سے باہر نکل آئے۔

"مریم، ہوا کی سنسناہٹ میں بھی ایک رومانس ہوتا ہے۔"

"ہو سکتا ہے!"

"ہو سکتا ہے کیا مطلب، ہوتا ہے۔"

"رابرٹ جب ہوا تیز چلتی ہے تو مجھے لگتا ہے کہ سب کچھ ایک ہی رفتار سے چل رہا ہے۔ یعنی سب کچھ اپنی جگہ ٹھہر گیا ہے۔ دل پر چھائی اداسی کی طرح۔"

"پتا نہیں!" رابرٹ نے بے پروائی سے جواب دیا۔

"رابرٹ مجھے تم سے بہت سی باتیں کرنی ہیں اور وہ بھی اسپتال کے ایٹ موسفیئر سے دور۔"

"تو چلو نائٹ کلب چلتے ہیں۔"

"نہیں، وہاں بہت بھیڑ ہوتی ہے۔ کسی ریسٹورنٹ میں چلتے ہیں۔"

"ریگل؟"

"ہاں ٹھیک ہے۔" اور وہ دونوں ریگل کے ایک کونے والی میز پر بیٹھ گئے۔ ریستوراں کے نیم تاریک ماحول میں دونوں تھوڑی دیر خاموش بیٹھے رہے۔

مریم نے رابرٹ کے چہرے پر نظریں جمائیں۔ وہ بہت بیمار لگ رہا تھا۔ رابرٹ ہی کیوں آج تو اسے ہر شخص بیمار لگ رہا تھا۔ اسے محسوس ہوا کہ بیماروں کے لیے ہمدردی اور خدمت کا جذبہ پہلی بار اس کے دل میں پیدا ہوا ہے۔ ہاتھ کپکپانے لگا اور دھیرے دھیرے کھسکتا ہوا رابرٹ کے ہاتھ کے اوپر جا کر ٹھہر گیا۔

"کیابات ہے مریم؟"

"میں بہت الجھن میں ہوں۔"

"کیوں۔۔۔؟"

"رابرٹ۔۔۔ کیا تم۔۔۔ آئی مین۔۔۔"

"یس، میں۔۔۔ میں۔۔۔ آئی مین۔۔۔ آئی لو یو۔"

مریم کو لگا کہ رابرٹ کا ہاتھ انگارے کی طرح دہک رہا ہے۔ میز پر رکھی کافی کی پیالیوں سے دھواں اٹھ رہا تھا اور آہستہ آہستہ جھاگ بیٹھتے جا رہے تھے کہ مریم رابرٹ کی طرف جھکی اور اس کے کندھے پر سر ٹکاتے ہوئے بولی۔ "جتنا تم میرے قریب آ رہے ہو، میں تم سے دور ہوتی جا رہی ہوں۔"

رابرٹ نے اپنی گرم ہتھیلی سے مریم کے چہرے کو تھپتھپاتے ہوئے کیا کہا، یہ تو وہ سن نہیں سکی لیکن اب اس کی آنکھوں میں آنسو چھلک آئے تھے۔

"میں سمجھتا تھا تم مضبوط عورت ہو۔"

"اتنی کمزور بھی نہیں ہوں، لیکن سب اتنے مضبوط نہیں ہوتے۔"

"سب کون؟" رابرٹ نے کافی کی پیالی اٹھاتے ہوئے سوال کیا۔

"رابرٹ مجھے سمجھنے کی کوشش کرو۔" پیالی کو ہونٹوں تک لے جاتے لے جاتے اس کا ہاتھ رک گیا۔ بغیر سِپ لیے ہی پیالی کو میز پر رکھ دیا اور سنبھل کر بیٹھ گیا۔

"تم کیا کہنا چاہتی ہو؟"

مریم نے اپنے ماتھے پر لگی چوٹ کے نشان کو چھوتے ہوئے کہا۔ "وہ بہت کمزور ہے۔"

"وہ۔۔۔ وہ کون؟ تم اس کا نام جانتی ہو؟"

"ہاں۔۔۔ وہ۔۔۔ وہ ایک مریض ہے۔"

"یہی تو میں کہنا چاہتا ہوں۔ وہ صرف ایک مریض ہے۔ کچھ دن میں ٹھیک ہو کر چلا جائے گا۔"

"نہیں رابرٹ، وہ جب تک ٹھیک نہیں ہو رہا ہے، تبھی تک زندہ ہے۔ جس دن ٹھیک ہو گیا، مر جائے گا۔ میں نے اس کے درد کو محسوس کیا ہے، اسے سمجھا ہے۔ وہ اپنی ایک دنیا بسا چکا ہے۔ اس کے ٹھیک ہوتے ہی شاید وہ دنیا اجڑ جائے گی اور۔۔۔"

"مریم اسے سمجھاؤ، وہ تمہاری بات سمجھتا ہے۔ وہ دنیا خوابوں کی دنیا ہے، اصل دنیا نہیں۔"

"بات اسے سمجھانے کی نہیں، تم سمجھنے کی کوشش کرو۔"

"میں۔۔۔؟"

"ہاں رابرٹ۔ میری محبت اپنے آپ میں کچھ نہیں ہے۔ اس کا ہونا نہ ہونا کسی کی ضرورت پر ڈپینڈ کرتا ہے اور اسے میری ضرورت ہے۔"

"مریم تم نے زندگی کو سمجھا ہی نہیں۔ جذباتی ہو کر زندگی کو سمجھا بھی نہیں جا سکتا۔ ہم ڈاکٹر ضرور ہیں۔ مریضوں کے لیے بہت کچھ کرنا ہماری ڈیوٹی ہے مگر ہماری بھی زندگی ہے۔ ہم اسے اپنے ڈھنگ سے گزارتے ہیں۔"

"رابرٹ نہیں۔ شاید زندگی وہ نہیں جو ہم گزار رہے ہیں اصل زندگی وہی ہے جو وہ جی رہا ہے۔"

رابرٹ ہنس دیا اور مریم کو آغوش میں سمیٹتے ہوئے شرارت بھرے لہجے میں بولا۔

"اس میں ایسا کیا ہے، جو ہم میں نہیں۔۔۔؟" یہ پوچھ کر شاید اس نے سنجیدگی کو توڑنے اور موضوع بدلنے کی کوشش کی تھی لیکن مریم نے مزید سنجیدہ ہو کر جواب دیا۔

"پتا نہیں؟ بس اتنا جانتی ہوں کہ جب وہ مجھے تمہارے ساتھ دیکھتا ہے تو اس کے اندر آگ سلگنے لگتی ہے۔ اس کی آنکھوں سے نفرت جھلکتی ہے۔ اس وقت مجھے بہت اچھا لگتا ہے۔ جی چاہتا ہے وہ میرا گلا دبا دے۔" رابرٹ نے زوردار قہقہہ لگایا، دوسری میزوں پر بیٹھے لوگوں نے مڑ کر اس طرف دیکھا اور وہ گھبرا کر باہر لان کی طرف جھانکنے لگا۔

"ہوا تھم گئی ہے، لان میں چلتے ہیں۔"

لان میں ایک چھوٹا سا سوئمنگ پول تھا۔ صاف شفاف پانی میں چاند کا عکس پڑ رہا تھا۔ جو چاند آسمان پر سفید تھا وہ پانی میں زرد دکھائی دے رہا تھا۔ آسمان کے چاند اور پانی کے چاند کے فرق سے مریمؔ اچھی طرح واقف ہو چکی تھی۔ رابرٹ مریمؔ کے دونوں کندھوں کو پکڑ کر اس کی آنکھوں میں جھانکنے لگا۔ مریم کے ہونٹ کپکپائے، آنکھیں بند ہونے لگیں تو رابرٹ نے اپنے سخت ہونٹ اس کے ہونٹوں پر رکھ دیے۔ مریم نے آنکھیں کھولیں اور آسمان کی طرف دیکھا۔ چاند کا رنگ اور زیادہ نکھر آیا تھا۔ مریمؔ نے رابرٹ کے بالوں کو مٹھی میں بھرا اور اس کے ہونٹ اپنے ہونٹوں میں دبا لیے۔ تھوڑی دیر بعد وہ دونوں سوئمنگ پول کے کنارے بیٹھے چاند کے زرد عکس کو گھور رہے تھے۔

"پتا نہیں رابرٹ، سچ کیا ہے؟ وہ بھی سچ ہے۔" آسمان کی طرف اشارہ کرتے ہوئے کہا۔ "اور یہ بھی سچ ہے۔" پانی کی طرف دیکھتے ہوئے بولی۔

"تم جانتی ہو ہم جلدی ہی شادی کرنے والے ہیں۔ پھر یہی سب۔۔۔؟"

"رابرٹ اگر میں تم سے شادی کر بھی لوں تو یہ اسی طرح ہوگا جیسے ہم پانی کے چاند کو دیکھ کر سمجھیں کہ یہ ہماری دنیا میں روشنی بکھیر رہا ہے اور یہ بھول جائیں کہ اصل چاند تو آسمان میں ہے، ہم سے بہت دور۔"

"لگتا ہے تمہاری طبیعت ٹھیک نہیں ہے۔ تم اس چاند کو پکڑنے کی کوشش کر رہی ہو

جو ہے ہی نہیں۔"

اچھا مریم اب اس بات کو یہیں ختم کرو۔"

"میں بھی یہی کہتی ہوں، اس بات کو یہیں ختم کرو۔"

"مریم۔۔۔" اس نے تقریباً چیختے ہوئے کہا۔ "تم خود کو دھوکا دے رہی ہو۔ وہ ایک مریض ہے۔ پتا نہیں کون ہے؟ کہاں سے آیا ہے؟ کیا تم اس کے ساتھ۔۔۔"

"معلوم نہیں۔ بس اتنا جانتی ہوں کہ جب پتا چلا کہ دنیا میں اس کا کوئی نہیں۔ وہ تنہا ہے تو مجھے لگا کہ میں اس کے ساتھ ہوں۔ میں نہیں سمجھ پاتی کہ یہ کیا ہے۔؟"

"یہ کچھ نہیں ہے۔ تم ایک نرم دل عورت ہو، اس پر ترس کھانے لگی ہو۔ تم جانتی ہو کہ اس نے اپنے اندر جو ریز سٹینس پیدا کر لیا ہے اس کی وجہ تم ہو اور اب اگر وہ مرا تو تمہاری ہی وجہ سے مرے گا اور تم یہی نہیں چاہتیں۔ لیکن تمہیں نہیں معلوم کہ اس کو بچانے کی کوشش میں تم ختم ہو رہی ہو۔"

مریم اٹھی، آہستہ آہستہ چلتے ہوئے کرسمس کے درخت کے نیچے جا کر کھڑی ہو گئی اور سوچنے لگی کہ یہ درخت اپنی جڑیں گہرائی تک زمین میں اتارتے چلے جاتے ہیں اور خود آسمان کی طرف بڑھتے رہتے ہیں۔ ان کا سفر دونوں سمتوں میں ہوتا ہے۔ مگر مجھے ایک، صرف ایک طرف بڑھنے کا فیصلہ کرنا ہے۔ اس نے مڑ کر دیکھا، رابرٹ تھکا ہارا سا ایک بینچ پر بیٹھا دکھائی دیا۔ دل بھر آیا، قدم خود بخود اس کی طرف بڑھنے لگے۔ آسمان پر نگاہ کی۔ بادل کے ایک سیاہ ٹکڑے نے چاند کو اپنے اندر چھپا لیا تھا۔ چاروں طرف اندھیرا تھا، گہرا سناٹا تھا اور سناٹے میں بس ایک آواز گونج رہی تھی۔ "اسے بچانے کی کوشش میں تم ختم ہو رہی ہو مریم۔۔۔ تم ختم ہو رہی ہو۔"

"نہیں، میرا بچنا ضروری ہے۔ اسے بچانے کے لیے بھی میرا بچنا ضروری ہے۔"

مریم کی رفتار میں تیزی آگئی اور وہ چند لمحوں میں رابرٹ کے قریب جا پہنچی۔ اس کا ہاتھ پکڑ کر بولی۔

"چلو بہت دیر ہوگئی ہے۔"

رابرٹ نے بھی آہستہ سے مریم کا ہاتھ پکڑ لیا۔ مریم نے محسوس کیا کہ اتنی نرمی اور اتنی مضبوطی سے رابرٹ نے پہلی بار اس کا ہاتھ پکڑا ہے۔ بیک وقت نرمی بھی اور سختی بھی۔ زندگی کے اس پہلو کی حقیقت اب اس پر رفتہ رفتہ کھل رہی تھی۔ وہ رابرٹ کے قریب آگئی اور دھیرے سے بولی۔

"رابرٹ یہ ہاتھ اسی طرح زندگی بھر تھامے رہنا۔"

"تم بھی وعدہ کرو، کبھی چھڑانے کی کوشش نہیں کروگی۔"

"وعدہ کیا۔"

اب وہ دونوں زیادہ دیر سنجیدگی قائم نہیں رکھ سکے اور کھکھلا کر ہنس پڑے۔

سیاہ بادل کی اوٹ میں چاند کے چھپتے ہی بہت سے چھوٹے چھوٹے تارے اپنے وجود کا احساس کرانے لگے تھے۔ تارے آسمان پر چمک رہے تھے لیکن ان دونوں کو لگ رہا تھا کہ ان کی راہ میں بکھرے پڑے ہیں۔ گویا وہ زمین پر نہیں، آسمان پر چل رہے ہوں۔ اب وہ ایک دوسرے کا ہاتھ تھامے سرکاری اسپتال کی طرف لوٹ رہے تھے۔ چاہتے تو تھے کہ سفر کبھی ختم نہ ہو مگر تھوڑی ہی دیر میں اسپتال کے گیٹ پر جا پہنچے۔ سیڑھیاں چڑھ کر وارڈ میں داخل ہوئے۔ مریض سو چکے تھے، ڈیوٹی روم کا دروازہ کھلا ہوا تھا، وہ اندر چلے گئے۔

میز پر اس مریض کی فائل کھلی پڑی تھی۔ کھڑکی سے آسمان پر چمکتا چاند صاف دکھائی دے رہا تھا۔ بادل کا سیاہ ٹکڑا کہیں اور جا پہنچا تھا۔ مریم نے میز پر پڑی فائل کو اٹھایا

اور مختلف رپورٹوں کو غور سے دیکھنے لگی۔ رابرٹ نے بھی اپنی کرسی اس کے قریب کھینچ لی۔ چند لمحوں بعد دروازے پر آہٹ ہوئی۔ پھر یہ آہٹ بار بار ہونے لگی۔ باہر اندھیرا تھا۔ جھانک کر دیکھا ایک سایہ نظر آیا، انھیں محسوس ہوا کہ کوئی شخص دروازے تک آتا ہے، سامنے سے گزرنے کی کوشش کرتا ہے مگر اس کے پاؤں کپکپاتے ہیں اور واپس لوٹ جاتا ہے۔ دونوں نے ایک دوسرے کی طرف دیکھا اور بہت دیر تک دیکھتے رہے۔ باہر وہی آنے اور لوٹ جانے کا سلسلہ جاری تھا کہ ایک زوردار آواز ہوئی، کھڑکی سے ٹوٹ کر شیشے کے گرنے کی سی آواز۔ مریم اور رابرٹ گھبرا کر کیبن سے نکل آئے۔ مریم کے ہاتھ میں اس کی فائل تھی۔

"کیا ہوا؟ یہ کیسی آواز تھی۔۔۔ کون ہے وہاں؟"

مریم کی آواز کانپ رہی تھی۔ وارڈ کے کچھ مریض بھی جاگ گئے، نرس آ گئی۔ وارڈ میں سارے مریض موجود تھے، صرف وہ غائب تھا۔ ڈاکٹر رابرٹ اور مریم نے بالکونی سے جھانک کر دیکھا، زمین پر ٹوٹے ہوئے شیشے بکھرے پڑے تھے اور جگہ جگہ خون کے نشان تھے۔

"مریم یہ خون کے نشان۔۔۔؟"

"ہاں رابرٹ وہ بالکونی سے کود کر بھاگا ہے، ننگے پاؤں۔"

"لیکن کیوں۔۔۔؟"

"زینے کے راستے میں ہمارا کیبن تھا اور شاید اس کو پار کرنا اس کے لیے ناممکن تھا۔ اسی لیے۔۔۔"

"لیکن کیا وہ نہیں جانتا تھا کہ بیچ میں علاج چھوڑ کر چلے جانا، موت کو بلانا ہے۔"

"جانتا تھا، اسی لیے چلا گیا۔"

مریم نے گہری سانس لی اور ایک بار پھر خون کے نشان دیکھنے کے لیے نیچے جھکی۔

"وہ دیکھو رابرٹ۔۔۔ کچھ دور جا کر یہ نشان غائب ہو گئے ہیں۔۔۔"

رابرٹ نے مریم کا ہاتھ تھام لیا۔ مریمؔ ٹھنڈی سانس بھرتے ہوئے بولی۔ "زخمی پیروں پر مردہ کھال کے جوتوں کا خول چڑھا کر سمجھا ہو گا کہ شاید سفر آسان ہو جائے۔۔۔"

مریمؔ کیس ہسٹری کی فائل لیے بالکونی میں گم صم کھڑی تھی۔ رابرٹ نے مریم کے ہاتھ کو، جسے اس نے پہلے تھام رکھا تھا، مضبوطی سے پکڑ لیا۔ مریم کی گرفت فائل پر ڈھیلی پڑنے لگی کہ ہوا کا تیز جھونکا آیا۔ فائل کے کاغذ اڑے اور ایک ایک کر کے بالکونی کے نیچے پڑے خون سے سنے شیشے کی کرچوں کے ننگے بدن کو ڈھکنے لگے۔ مریمؔ نے آہستہ سے رابرٹ کے ہاتھ سے اپنا ہاتھ چھڑا لیا اور واپس وارڈ میں آنے لگی۔۔۔ رابرٹ جو سمجھا تھا کہ ہمیشہ کے لیے اس نے مریم کا ہاتھ تھام لیا ہے، تنہا بالکونی میں کھڑا رہ گیا۔

وارڈ میں پہنچ کر مریمؔ نے دیکھا کہ وہ رومال جو اس نے کرسمس کے موقع پر اس مریض کو دیا تھا، بڑے سلیقے سے بستر پر رکھا ہوا ہے۔ وہ لمحے بھر کے لیے رکی اور پھر تیزی سے اپنے کیبن کی طرف چل پڑی۔

***